獻給　義玲

推薦序

百怪千奇萬達風

唐捐

A

幸福是由痛苦堆積而成的嗎？爛極轉豔，魔之DNA可以組出聖人。

用錘子敲開一首詩「詩」，你或將看到許多非詩的渣滓。

化破敗爲神妙談何容易，一旦做到了便格外爽快；前提是先浸到腐敗裡而不被溶解且能把一切化爲我味濃濃之湯汁。萬達詩裡有一種崩壞感——「人」的，「世界」的，「詩」的崩壞——可堪做爲詩的原料。「臺中慶綺」不知何許人也，只知道她是詩人的另我，三幕劇裡的主演兼說話者。從〈手語〉看來，她的性情是「壞」的，特別是在愛著的時候。「慶綺，這一巴掌，妳不能打下去。」但「老師」在講，她都沒有在聽。全篇充滿任性的私語，還不惜用暴力毀滅張力。接著便是〈一袋米要扛幾樓〉，不知爲什麼，老師與「顏ㄈ」有著疊合感，都愛訓導著這首詩的說話者。設「陽子」爲學生劇場裡的標準版人類，一個被校正的對象……。

先是人格的崩壞，接著才能理解詩格的崩壞。

一袋米這首詩以用新奇的「今典」廣被討論，但眞正令人驚豔的是，詩人支使當代語言的能力。在許多地方，萬達的用語不是詩式的，而是戲劇式的（不以精煉濃密爲目標，而是善於切取當代生活中的語言碎片，架構出微型的舞臺效果）。但他其實也善於彈撥弦外之音，譬如這個精采的段落：

甚至我聽出顏ㄇ的弦外之音，春天之後我們便不再同一堂課。
一袋米要扛幾樓？天道培因炸出了一個大空洞，一袋米要扛五十七樓
我們就生活在空洞之中。我埋首寫字，顏ㄇ大喇喇地靠過來
閱畢，又無聲地坐回去

這些看似直白的話語，奇妙地富於暗示性。火影忍者只佔去一行半，動漫哏那麼輕易而

自然地被收納進來，爲我所用（賦予強大的抒情性能）。詩人毫不留戀地回到敘述主軸，以若干小動作作結，留下豐富的餘味。敘述者的「心情」，基於舞臺法則而被刻意抑制；但我們解讀那些小動作，仍可聽到暗處傳來崩塌的聲音。

萬達善用典，前詩嫻熟地交織了經典名劇與動漫，已有人詳論（林宇軒），不覆述。他同時也善於設喻，這整組詩根本上是用劇場隱喻校園裡的生活，特別是「慶綺」與「顏ㄈ」（還有「吳」）之間詭異的情仇。——其實三幕劇裡，最令人錯愕的是，萬達居然唐突地「襲取」我們的偶像夏宇的名諱。我把它理解爲詩人刻意製作的一種惡趣味，寶變爲石的自我調侃，一個市井化的卑賤版的詩后。

另一方面，萬達也把詩后開啟的話題、詩法、隱喻拿來「接著演」。（夏宇基於自身經驗，早期詩作特多劇場相關的描寫與隱喻。）在我讀來，插曲〈幸福〉是一首以劇場爲背景的敘事詩，話題焦點仍然是日常生活以及人際之間隱微的拉扯推離。它同樣交織了戲劇與人生，但比前面那首詩更加瑣碎，風格較輕盈鬆散，但也容納更多在枝枝節節（這便是我說的渣滓）——對故事而言沒有太多的意義，但卻構成情緒的血肉。

血肉。

至於〈費朗明高獨舞〉，再次戲弄了老師、顏ㄇ、陽子，說的是自己與世寡合的情懷。你看他任性恣意地說下去，一首詩裡用了多少不同的形式，卻能協力營造一種氛圍，富於臆度揣想的空間。這是「有散文的詩」，風格級的作品，使我想起卓爾不群的青年羅、青年楊、青年七等生。

B

風格級的作品，從屬於「我的」風格，不好單獨評隲其結構、句法與隱喻是否完美。常須擺在「我的」詩集裡才能充分彰顯其意義，看出其詩學走向。（當然，只有已形成獨特風格的詩人，才值得這樣談。）風格級的作品，定位著一位詩人的名號⋯⋯。

事實上，我已經讀到一種萬達風，而詩人似乎極有自覺。在輯三的〈論詩詩〉裡，他從「台中慶綺出現在我的生命」談起，其中一層意思應該是指夏宇的啟發。有個神妙的象徵化的「女人」在與他對話，引導他思考詩與生活的課題。詩人宣稱「不想再使用譬喻了」，而且好像說到做到：

：直到研究所做期末報告
我才知道古代的龍蛇同為一源（她挑了眉）
原來這一點，李澤厚的《美的歷程》有嚴謹的說明
對岸甚至將此書列為初中生優良讀本
人家十三歲就知道的東西
我已經二十五歲，生命比人家整整大了一輪

講好聽一點，這叫隱喻退位，轉喩佔優勢，但如借大詩哲、小詩咖共用的責備人的術語，就叫散文化了。依照詩學倫理家（不是理論家）的看法，詩之崩壞，莫甚於此。我不知道，是否有讀者和我一樣解識這裡刻意說幹話的趣味，這也就是我前面說過的戲劇式的語言。雖或違反一般美的原則，但嘲諷調侃之力，卻是耐人尋味的。

這首詩號稱「論詩詩」，多少表露了自己的詩觀與詩法。但在實踐上，詩人其實是「多層次」或者說是在「演變中」。第三輯前面幾首詩，包含〈衍生之街〉在內，在形式上都比較匀稱，詩行亦較富麗。我把它們視爲詩人打底之作，自從他遇到／變成「台中慶綺」，破格變體漸多，那種鋪敘的（或轉喩的）筆法日漸成熟，也就形成那些萬達風的怪詩。

這一輯後面的五首詩，試驗了各種樣式的分行斷句：有時形銷骨立，冷得只剩下客觀的指引；有時繁弦急管，各種聲音堆積在一個段落。〈刀光之街〉跳到一部電影裡說話，融合了口語、舊詩詞與佛經。〈喃喃之街〉注入更多的身世之感，華辭一脫殆盡，直白而有力，已預告了輯四的境界。〈中斷之街〉大膽地融入所謂散文成份，雖然我讀得出來，裡面夾藏著瘂弦等名家的句子。〈未來之街〉試用了鏡頭語言，〈暴食之街〉則有不少括號句。

相對於輯四的風格勃發，或許輯三稍紛雜些。無論如何，萬達絕非不識用典與譬喻之道，只是時而趨近，時而遠離。我所謂「萬達風」，亦非（如〈論詩詩〉說的）薄於用典，拒絕譬喻。（慶綺不知何許人也，只知道她是一種典故，一套隱喻。）重點或不在沾與不沾，厚或薄，而在典故隱喻的態度、類型與方法。而我們的萬達，顯然有些獨到之術。

C

普通得獎體，已經不容易滿足某些講究新意的評審。但出怪招的作品，在評選會議裡又容易得到愛恨兩極的評價。——故以上這兩種在高階文學獎裡，常常得到中間的名次，或直接落選。因而那首「一袋米」的怪詩，是很幸運。大家知道，在我唐某人的術語字典裡，怪詩就是傑作。

走筆至此，夜漸漸深了，雨滴打在我的窗櫺，發出無頭緒無意義亦無休止的鼓點，中間居然還有一兩聲輕雷。一個月前，我在異國旅次中唐突答應寫這篇序，倒不全然是因爲那「一袋米」，而是卷中一首叫做〈侏儒家族〉的怪詩。我最初與它遭遇於某個文學獎，眞是句句驚奇，全身是刀。

這是個家庭寓言，雖然晦澀，卻有脈絡可解。詩分八段，僅摘錄最後一段：

讓我活著跟沒活著沒有什麼區別。哥哥。故事裏
你稱我為侏儒丁嗎？別再讓我頂著親情的臭皮囊。
窗外只剩下滴血的天空，勞動的成果又再一次為我們綻放：
給侏儒甲一隻口哨，使整個家庭在他口中
終於成為一行隊伍。給侏儒乙所有的侏儒，告訴她
終於妳不必再勞動了。哥哥，我給你拿來所有的空椅子
我們為什麼不坐下？

由於詩已走到末尾，這裡所提到的所有物事，都已在前面七段有所開展，而在這裡做了巧妙的集合。依照我的讀法，甲者爸也，支配一切，乙者媽也，操勞一生。而丙與丁，哥與弟，寫者與被寫者之間，關係曖昧，或如台中慶綺與萬達之難分難捨也。詩意是由詩句構成的，但詩句卻可以走脫詩意的束縛，展現自己無窮的魅力。這首詩爲痛苦的人而作，卻形成「完整的寓言」，我猶愛這末段的寓闡釋於祈使句式的能耐。

「哥哥，替我取一個不會被關心的名字吧，讓我強過那些有名有主的痛苦。」在前一段裡，被書寫的侏儒丁說。我想，哥哥答應弟弟了，不只稱他爲丁，亦稱自己爲丙，彷彿無關痛癢的代碼。其實，每一首詩都在爲感覺與記憶編碼（比方說用火影梗來給身上的痛苦做個記號）。有名豈生住，無名亦壞空。魯公說得好，寫鬼物正像人間，用今典一如舊典。——夜色如敵增援，不好戀戰，姑且說些禪話，望左後方一小徑草草逸去。

（五月十九日于龍淵刀割泥室）

唐捐，詩人。現任台大中系教授、系主任。曾獲梁實秋文學獎、時報文學獎、聯合報文學獎、台北市文學獎等。著有詩集《網友唐損印象記》、《金臂勾》、《無血的大戮》等六種，詩選《誰かが家から吐きすてられた》（及川茜譯），散文集《世界病時我亦病》等兩種。

即興的暴力與誠實的演員

ㄩㄐ

1

注意力稀缺，串流影音時時讓人分心，主流是專攻輕薄短小易於社群傳播的小詩，他堅持把詩寫長，用意甚至不是容納意義，僅僅因爲「本該如此」。

單曲爲王的時代，他堅持做專輯。

他是洪萬達，卻也不只是洪萬達。他扮演阿達、扮演阿鵝、扮演妻或丈夫、扮演戲劇系學生台中慶綺。一個即興演員，在空曠的舞台上，以幻想搭建無數個場景，走進去演一下，出來又是另外一人，入戲極快、下戲也極快。

有時是聰慧的靈光，有時刻意讓意義模糊。有時看似即將脫序，又在跌落之前取得平衡，像一個走鋼索的特技演員，你並不清楚那是刻意爲之，還是偶然的閃現：

暑熱，一顆野生的皮球
飛越三個街區
一地玻璃碎

倒影起身了
——先是走了幾步
倒影在玻璃前照了照自己：
嗯，沒有什麼鬍鬚可刮。嗯
一身黑。

——〈暴食之街〉

這是洪萬達詩中獨有的暴力。並非藉由誇張的動作或口白，更非俗氣的血腥場景，而是組合看似無害的字眼營造張力。他扮演倒影亦入戲三分，隨口一句就是魔幻場景。

相似的暴力，也可在顧城的〈鬼進城〉中依稀辨識。相異之處在於，洪萬達極具能力

「控制失控」——失控是由他設計。若比喻語言爲容器，而情緒是水液，常見是取一淺碟，讓情緒清晰可見；又或是厚重保溫瓶，裡頭裝的是清水還是咖啡並不可知。

洪萬達不打算如此輕易放過自己。他設計一口搖搖欲墜、形狀特異的玻璃細頸瓶，小心注入，恰恰盛滿。這自非易事，稍有不慎，便是情緒滿溢或語言蔓生。詩集中成功經營者所在多有，再看〈侏儒家族〉開場：

每當侏儒甲要開口說話，侏儒乙便請他把嘴巴閉起來。
「屋子，」「請你把嘴巴閉上。」「可是，」「閉上。」
侏儒丙笑咯咯地把一切寫下來，有天出書，他這麼想。
侏儒丁被眼前這一齣永不下片的悲喜劇嚇著了。但不打算逃。

一口氣侏儒甲乙丙丁出場，頭兩行便是衝突。侏儒丙瘋魔鬼氣森森，侏儒丁充當觀眾，我們被嚇著了，卻也無處可逃。洪萬達深諳戲劇之道，多次致敬伊歐涅斯科，寫的是侏儒家族，其實是一整個擁擠的社會。他展示這社會裡的暴力，反覆詰問「這裡有足夠多的空椅子

／我們爲什麼不坐下？」

「因為它使每個人都感受到公平……」而侏儒乙踩著春日的屍體又勞動過來，「見鬼，你也不看看這破房子大得一無所有了！」這眞是對侏儒最大的悲傷，弟弟沒有人記得你叫什麼名字

公平、勞動、名字，社會的追求及痛苦在空盪盪的大房子裡循環，沒有人記得要休息，沒有人願意接納自己。洪萬達的暴力，不只是詩學的暴力、語言的暴力，更是源自現代社會的暴力。他所關注的並非自身的痛苦（否則便落於厭世自溺），亦非控訴社會的不公（否則落於政治論理）；他僅僅是在一隙縫中，找到一條前人罕至的路徑，如滴水穿過土層，溶出誠實的、幾近癲狂的暴力。

2

綜觀臺灣近十年作品，這本詩集尤爲突出是聲音。洪萬達使用聲音已可說是明目張膽，狀聲詞連發，並不僅止於再現聲音，而是用於營造節奏。我擅自認爲，其中又可分爲「視覺節奏」與「聽覺節奏」。

視覺的節奏，是在聲音以外，玩弄讀者大腦解讀。如〈阿鵝觀察日記〉：

鋁罐啊鋁罐，這樣我就可以得到家庭——
家庭號雪碧了嗎？
我用翅膀慢慢拍著玻璃門，「乓」、
「乓」、「乓」店員把一瓶雪碧給我

如果省去狀聲詞，讀者自也能想像翅膀拍打玻璃門的聲音。然而，詩人在此不僅連續使用三次狀聲詞，更加上引號與頓號，藉視覺符號延長聲音。再以分行阻滯閱讀，我們的腦中，便自然而然演出「慢慢拍著玻璃門」的場景。

聽覺的節奏，則是以狀聲詞，替詩加上更加明白的節奏。這招夏宇專擅，而洪萬達發揮極致：

老師好施小惠踏踏踏
我離開的時候踏踏踏
感覺自己進步了踏踏
技巧與情感都有十足的把握踏
開心的時候踏踏踏
面對他人的時候我踏，踏踏，踏踏踏。

——〈自己的聲音〉

「嘟讀賭都．嘟嘟嘟．嘟賭嘟」
倒影在自己的大肚子上
按了按，給倒影的倒影

撥一通電話：「您所撥的電話無人回應，請稍後再撥，謝謝。」

——〈暴食之街〉

我們更可注意到，〈暴食之街〉話筒內的狀聲詞，並非如同現實生活的「嘟——」，而是跳躍抑揚，產生接近戲謔的節奏。

洪萬達也擅以口語呢喃入詩。如同戲裡，最好的對白不應只是口語，碎念入詩自然也非爲了寫實，而是一把剪刀，巧妙斷切，將類散文長句逐一陌生化：

她哭著。在土紅的三層樓建築底下。唔，是否
哭著。且鐵定伴隨一個無名的丈夫，一張慘白的臉
吐著汙濁的穢氣哭著。是的，唯一可惜他
並不是在這兒，並不是在今晚

——〈鬼屋〉

前三行的標點與分行切碎句子，插入呢喃聲更顯鬼魅。然而驚喜是第四行「並不是在這兒，並不是在今晚」，節奏加快，語氣忽然轉順。這般音樂性的操作近乎爵士和絃進行，連續堆疊副屬和弦，延伸音與三全音代理累積聽者張力，最終一口氣釋放，樂句因而奇詭而合理。

聲音操作之險，在於太過寫實了尷尬，太過順理成章又顯冗贅，創意的展現空間不多。當他人經營意象如製作精緻道具特效，洪萬達以聲音策展，固然是繼承前人經驗，卻在結合鬼魅的劇場空間後，開創出獨特詩風。

3

詩集中可見致敬詩人夏宇、木心、瘂弦等，亦有引自李安、黃碧雲乃至獻給周鼎、張正或毛雄鷹，足見詩人讀書之雜。更兼談戲劇、舞蹈，詩集中「椅子」意象反覆出現，亦應是致敬伊歐涅斯科名作。

然除了所謂「嚴肅的作品」外，詩人更引了英雄聯盟遊戲技巧、網友觀《大話西遊》有感。詩集同名主打的〈一袋米要扛幾樓〉，更是多年網路迷因，出自日本動畫《火影忍者》反派角色台詞諧音。當時甫獲大獎，隨即出圈成爲新聞焦點。某處註腳「靈感取自唐琳璐〈普通DISCO〉」，起先以爲是未曾讀過的中國詩人，沒想到竟是以五音不全爲特色的中國網紅。

詩與戲劇，迷因與流行文化，什麼都能入詩，竟翻轉了「引用」的效果。大凡寫詩的人，若不是小字註解，深恐他人讀不出自己苦心經營的致敬，就是想講出來招搖俗氣，索性不寫，也不怕被說是抄的，讀不出來是學問不好。

洪萬達不來這套。他不僅引，還無所不引、大引特引。這暴力的引用，反而瓦解引用。彷彿見詩人躲在牆邊，所有人的致敬引用霎時也不過是個玩笑。

4

偏偏他引用又認眞不胡鬧。詩人多次明示夏宇於自己的影響，並受到啟發，構成極其精彩的「輯四：三幕劇《台中慶綺》」。以四首長詩組成，氣勢驚人，語氣如有神。以下僅各節錄一段：

老師在導戲的時候，曾經跟我說，慶綺，這個人，這一巴掌，妳不能打下去。打下去，張力會變成暴力。然後他就一個人走開，劇場回歸安靜。

——〈手語〉

什麼時候幸福猶未可知，這無意的投射就是才華——老師盛讚有些人喜歡有些人不喜歡。顏ㄇ終於和我有了歧異

——〈一袋米要扛幾樓〉

吳走了過來：「過幾天聖誕節
整個冬天妳四肢寒冷
不好表達。我訂了

兩張票。」
底下有觀眾前來獻花
散場的音樂還在播放
我們的身分從普通朋友變作
演員與觀眾

——〈幸福〉

或輕或重，我的表情藏在我的腳上
顏ㄇ再也不能把我看透，我只是踏、踏踏
輕輕地說：
「萬福瑪麗亞原諒我。」

——〈費朗明高獨舞〉

詩人對於技術極其敏銳，並持續以刪除法要求自我。張力純由戲劇構成，組詩中罕見迴行，幾無譬喻，更很難輕易連結象徵。餘下的是只走偏鋒、捨棄一切安全牌的詩藝。就連三幕劇前的〈致詞〉，都在表明詩觀：不僅讀者在觀看詩，詩也正觀看、揀選讀者。

綜觀整本詩集，也如同一部戲劇，快緩起伏，在輯四迎來高潮。輯一較多短句與複沓技巧，相較之下更易解讀。輯二走入詩人內心，反省並實驗新的詩觀。輯三詩行伸長，「之街」連作，亦開始展現串連意圖。終至輯四爲集大成，果斷放棄台灣詩人常用且擅用的意象、譬喻、抒情，以角色與劇情安排取勝，或是台灣文學史上重要的突破。

值得一提的是，洪萬達相當注重詩集排版。過往曾自費出版《梅比斯》和《鬼屋》，排版、插圖與詩交融，是沉浸感極強的閱讀體驗。而若干作品相較於網路與其他印刷品的呈現，詩集裡若干排版巧思，也因與視覺設計冠賢共同再創作，而有更獨特且完整的觀賞價值。

有時訝異，洪萬達看見的世界，顯然與我截然不同。

否則如何理解這些詩作？簡單的解釋：「這無意的投射就是才華」。然而，更可能近於入場需知〈驕傲〉所列守則：

6. 最後，把手舉高，象徵一件事情的開始，像這樣。

7. 把手懸空，堅持，忍耐，美麗隨即而至。

堅持，忍耐。不安於致敬和養分，敢於剝除自己曾建立起的一層詩傳統的外殼。你或許也猜不出其中有多少是反諷，多少是眞實，那便是一個即興演員做他最好的表演。

ㄩㄐ，本名黃昱嘉，1993年生。眞實投射與流動者。出版詩集《僞神的密林》。曾獲林榮三文學獎、臺北文學獎等。

「時間會證明一切」的意思是／此時此刻／你得不到你想要的／這是樂觀的想法／你希望、祈禱、致力於／未來人瞭解過去於你有失／我們談／巴哈、梵谷、莫內／後世人稱作大師／現在瞭解的人／有福了。

有福／這些福跟他們一點關係都沒有／傳誦千古也沒有用／如果輪迴／輪迴的意思是就算他聽到二百年前自己的所作所爲／感念他／崇拜他／都與現在的他無關／二百年後／我們有福。

便宜，自我安慰／寫作的人不得不高尚。

入場須知／禁止攜帶任何外食或飲料／請勿攜帶任何危險物品或尖銳物／建築物內禁止吸菸、電子煙／遲到者請勿進入劇場／演出期間請關閉手機和其他電子設備／未經同意，禁止攝影、錄影和錄音／非服務動物禁止進入劇院／獻花請交由服務台代為轉送

驕傲

「七宗罪之中，以饕餮最輕易，以驕傲爲最大。」——黃碧雲《七宗罪》

進入劇場時，請各位同學遵循以下守則：

1. 播放夏康舞曲，排遣孤獨與悲傷，因爲它浩大，複雜，最戲劇化。
2. 雙手與鏡重疊，直視鏡中雙眼並保持沉默，直到你聽見一個聲音。
3. 「保持精小，完美，目中無人。」
4. 不要想可以不可以。
5. 練習時不要抬頭看時間。
6. 最後，把手舉高，象徵一件事情的開始，像這樣。
7. 把手懸空，堅持，忍耐，美麗隨即而至。

燈亮。夏康來到約莫第二十二個變奏。他聽得出小提琴的琴弓在四條弦上悠悠地拉扯，爲難、煎熬、恐慌、混亂。一男一女直視著鏡子，焦慮得額頭都逼出了汗。

他把手舉高，象徵一件事情的開始，像這樣，向他們走去。

「接下來是第二十八個變奏。」老師說。

「你們已承受一連串自我的懷疑與打擊。」老師說。

「這首曲子卽將迎來最高潮。」老師說。

「來，跟著我把手舉高。」老師說。

懸空。堅持。忍耐。如入無人之地。女子抑止不住的哭出聲音。

「美麗隨卽而至。」老師說。

燈暗。觀衆席爆出如雷的掌聲。他們向他喊，老師，老師。更甚興奮地吹出尖銳地口哨，嗶——嗶——嗶——

你以爲眼見爲眞。

這之中一定有一些細微的問題。上課時他這樣抓著學生的草稿。有一些細微的學生聽到就害怕。可是他隨卽說，我並不管——

各位同學：是做一個視野侷限的專家好，還是做一個廣泛關心人性問題的庸才好？

理論↓主義↓狹隘。

他這樣教導他的學生。

查拉圖斯特拉爲什麼要爲這些人死——？

他其實不要他的學生比他好，他提供選項給他可憐的學生們。

庸才根本沒有選擇，他們什麼時候才能理解，他想吐。

可憐的學生我們今天課就上到這裡。

我們一周只見幾次面，能有什麼感激之情。

他沒有把這些話說出口。等到同學們一個一個離開，他舉著粉筆的手落了下來。

燈光切換。

面燈、follow 燈全暗，左右側燈亮：觀衆將無法看淸你們的五官，而肢體的輪廓特別放大。你看著同學們在自己的指導下扭動他們可笑的身軀，「放輕鬆，輕鬆，如入無人之地。」你看他們的嘴巴隨著自然的呼吸微微地啟合，嗚，哈，嗚，哈，舞台的燈光把一排整潔的白牙照得更亮，好像他們眞的要抓到了什麼根本抓不到的東西。

直到他們炯炯有神的眼睛看著你，你又聽到那個聲音。
保持精小，完美，目中無人。
你走到音控台播起夏康舞曲，排遣孤獨與悲傷。
我想知道，爲什麼老師可以想出這樣好的劇本。開場的男同學舉手問。
——面對稱讚我從來不道謝。我說我知道。
——我知道努力都是徒勞無功。
——才華。
——我一人獨占。
你對他微笑說，來，我們一起練習看看。欣賞他嘴角美麗的漣漪。

燈光請再切換。
面燈＋前地燈：讓觀眾的注意力更集中，五官與四肢均勻，和諧，最後細微縮小follow 燈的光圈，這是做給主持人說話用的燈光組合。
他不知道要怎麼愛他的學生。他說，我們來談談我爲什麼喜歡我的職業。
「當我們爲個人利益欺騙他人時，耶穌因此哭泣。」當一個劇作家這麼寫的時候，你們覺得哪一方比較爲大？

福樓拜：愚昧是人類與生俱來的。

米蘭昆德拉：人們愈思索，眞理便離他愈遠。因為人們從來就跟他想像的自己不一樣。

答案留給你們思考，我負責給上帝遞衛生紙。

莫里哀不過如此。亞瑟米勒不過如此。莎士比亞不過如此。我認為。

我講述。我判決。

驕傲由此而生。

一直到。他學生的面跟前。一直到。

我們做發聲練習：

請將你的舌頭前端舒服地躺在下排牙齒的牙床內，跟著我用ng搭配任何一個元音，例如h——ng，音符簡譜1——3——5——3——1，吸氣，感受你的肚腹絲一聲收緊，堅持，忍耐，讓空氣緩緩通過聲帶，荒——荒——荒——荒——荒。

看到你的第一眼我就知道你好，你值得好。（荒——荒——荒——荒——荒）

就算我每天早出晚歸給人做飯洗碗痾屎痾尿。（荒——荒——荒——荒——荒）

就算我得在這個弱肉強食的社會踽踽獨行。（荒——荒——荒——荒——荒）

給人叫煮飯婆掃地婆垃圾婆回收婆，妳動作再不俐落明個兒就別再來啦好好心吧。（荒

——荒——荒——荒——荒）

就算我破敗一生。（荒——荒——荒——荒——荒）

堅持，忍耐，美麗隨卽而至。（荒——荒——荒——荒——荒）

我的兒子。（荒——荒——荒——荒——荒。）

各位同學：一個人肉身的最大是驕傲。而其後。驕傲的更大。還有嗎？

程度不一的聲音緩緩飄向四面八方，觸碰到收音牆終歸於無……

沒有共鳴……爲什麼讓我一人孤獨的活在這世上……

我的老母。正因爲上帝是人的精神寄託，因此人也可以選擇拒絕上帝。每周二四五固定的發聲練習讓我相信上帝不存在，否則，爲何，我的學生。

五音不全，如此醜……

我以爲一切是假。一直到一個巴掌清脆地落在我臉上。女同學說。

老師被人質疑了很多年，可是從來沒有人做得比他好。男同學說。

老師怎麼樣我們才能更好——老師說把你們的雙手舉高，五指攤開，掌紋自然浮現。例如我智慧線深長彎曲，感情線淺密繁複，那麼我虛僞情變，冷酷無常。我（不）愛你。我願打你。

一直到。美學淩駕倫理學。一直到。

一切是眞。

一個，兩個，三個，無數個淸脆的巴掌我隔在門外都能聽見，你給你爸你媽，給你的學校多少人帶來麻煩，因爲你的聰明才智。因爲你經常說，不必跟你爭，儘管去看你的演出：老母妳且不要再信上帝，否則爲何妳破敗一生。上帝不要我們了妳還稀罕祂。妳的臭蟲丈夫幾時才願意蠕動他肥軟的身軀外出工作，成天翻報叼菸，嘴裡吐，媽的這種死政府……劇評最後發報到家裡來，頭條寫「劇場界新一代混世大魔王」，你爸氣得用腳踩了好幾回，他說幹恁娘飼這款不肖子早慢予人拖出去埋……

各位同學：驕傲的最大，是悲哀。

我的一生。

台下的觀衆就是我的誘因。劇幕拉起。

（還以爲一個人的驕傲能有多大呢。）

背燈亮：「我的兒子他不是一開始就這樣的……」「他到底像誰，我從來不跟人做演講，他自高中到處跟人做戲。」「我還留著他初中送給我的母親節禮物，媽媽永遠健健康康……」「妳以爲上帝還常伴妳左右是嗎。」「他的眼裡已經沒有上帝，他的眼睛長在鼻孔裡。」「進步源於恐慌，除我以外的人都不值得。」「在這個煉獄社會裡，我瞭解昨天、今天、明天都是一樣的。」「意思是上帝知道的，我也都知道了。」「我看見未來的自己。」「最爲大。」

我確實不是一開始就這樣的。我母的丈夫是個醉鬼，日日喝到三更半夜，回家第一件事是挖我起床。你這個賤人是不是偷拔我的插頭。我沒有我眞的沒有。你還敢說沒有，我出去的時候這個插頭在左邊，回來的時候就變成右邊。我不知道我什麼都不知道你回來時我正在睡覺……一個巴掌就落了下來，接下來是精神答數：雄壯威武嚴肅剛直安靜堅強，再他媽的大聲一點！再他媽的大聲一點！班導見了我在模擬考寫的作文立刻將我送進輔導室。我說，我之所以相信人會無故遭受懲罰。輔導老師哭得比我還要響亮，她說，可憐的孩子。

我多希望那雙手可以一直懸在空中。

可惜人是不堪的。查拉圖斯特拉爲我們而死。

劇評又發報來，題目爲〈三位一體的自我沉淪〉：

作者藉由夏康舞曲複雜起落的音高，襯托劇中角色喃喃自語的口白，讓人迷失在「我」、「老母」、「老父」三位一體的幻象之間；打破第四面牆的劇中劇則讓「學生」在戲裡戲外都成爲老師拿來自我滿足的道具：戲內學生作爲一個演員，卻被指導再次搬演「我」悲憐的人生戲碼；戲外學生對此天眞地不以爲然，一心追隨老師。劇情的迴圈設計使悲傷見不著一絲生機，如此一來，反覆的囈語便成了狗血與濫情。這樣的文本若依然賣座，無疑是讓整個劇場界都向下沉淪，耽溺於創傷之中。

本戲設計難言新穎，還掩蓋了劇場本身應有的「表演」豐富性，就算全戲情感眞摯，眞摯恆不該是一齣表演的終極追求。我們所期望的新一代劇作才子，爲了驕傲的抒情，玩弄七宗罪的大名，將上帝視如玩物，戲裡戲外無不展現了他登天（爲最大）的野心，最後卻墮落爲傷風敗俗的混世大魔王。

評價★★☆☆☆。

拿回我應有的。就是魔王嗎。

我不知道怎麼愛我的學生。我的嚴厲與漠冷。我的驕傲與自愛。

我的最大。我的最小。我只是一直聽。

夏康舞曲。爲難、煎熬、恐慌、混亂。排遣孤獨與悲傷。一直到。

我離開劇場。

天終於亮。一整年你有超過一半的時間泡在裡面，在劇場裡面人人都讓著你，你幾乎要忘記手拿一杯熱豆漿走在擁擠的大路上與人擦肩而過是什麼感覺。也好，就當作感官練習。此時此刻你還是數著夏康舞曲的三拍子。走走停，走走停。離不開，也挺好。你的心情又更加放鬆一點。今天是三月的第三個星期四，學校裡的黃金風鈴木開得好盛，你不禁在心裡設想，如果這時候的燈光突然變換；「這個舞台效果完全超出了我的預期。」你聽見幾個在底下拍照的學生說他們剛剛開始喜歡上看劇，其中一個故作陰險地背起劇中台詞：劇作家跟上帝，你覺得哪一方比較為大？另一個遲遲沒有回答，他只是把手舉高。象徵一件事情的開始。像這樣：

各位同學，這是我給你們上的第一堂課：

堅持，忍耐，美麗隨卽而至。

目錄

輯一 剪票口

輯二 無人申告

輯三 普普座位

輯四

三幕劇《台中慶綺》

輯一 剪票口

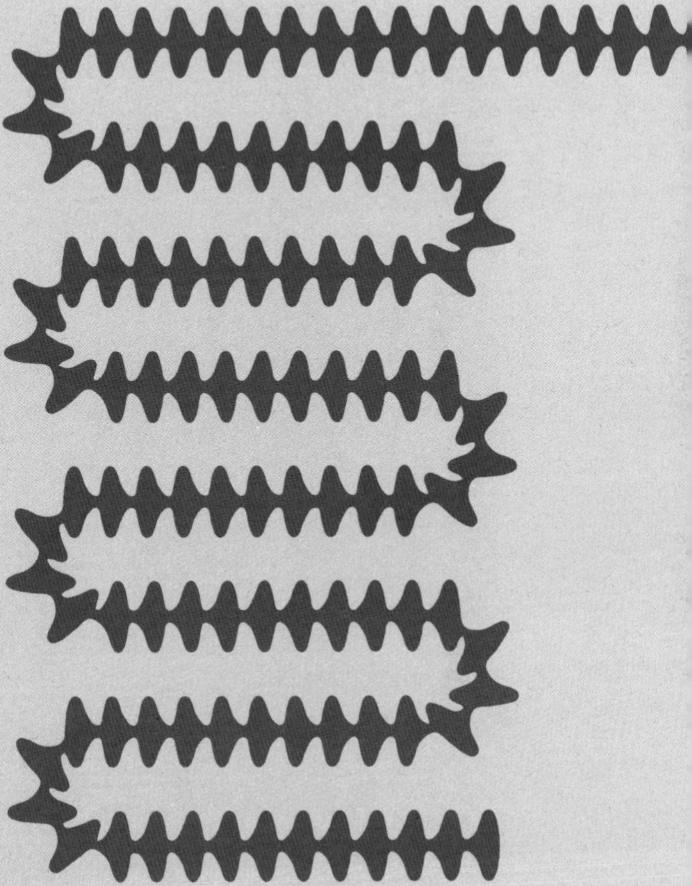

最好的時機

春天最好的一道雷打在能導電的床上
我醒來了非常清楚用你最喜歡的方式

周易

乾，元、亨、利、貞

有些時候是沒什麼樣地愛你……
那些等低不同的愛……
有些時候也深知是習慣……
能否我愛他或……
也許是還不夠……
還不夠讓不夠本身感到不夠……

初九，潛龍勿用

等待使人幾近瘋狂

於是我們就進了電影院
在我們不知如何是好的十月
有隱隱的光震動
而且牠確實地掌握了震動
續在戲裡牠選擇了戲劇

九二，見龍在田，利見大人

「如果他們始終不能愛我，」她說
你也終究不能成人
這件事情也就讓「成人之美」這件事
更加煽情起來（情色、侵犯、暴亂
攻擊性的字眼）更加
嚴重性地　恍惚　躁動起來

九三，君子終日乾乾，夕惕若，厲無咎

「話不能這樣說的。」
不這樣說的時候才可以這樣說我們
已經徹底發展成支線了，
像是一把壽命短而鋒利的刀子
在此時　劃破彼時
漆黑的夢境於是就有光
透了進來

九四，或躍在淵，無咎

看完電影後我們喝了咖啡
翻倒了牛奶（證明我們

看不見）而且　就這樣放著
用濕潤的牛奶譬喻：
我想知道的都不在這。

九五，飛龍在天，利見大人

根據紅移現象
咖啡與牛奶是點與點的關係

上九，亢龍有悔

你混亂起來但保持滑順
性交並繼續拍照並繼續保持
有所防備以確保沒有防備

用九，見群龍無首，吉

在證明我們走過的那個早上
（——因爲是證明）所以，
必定是存在的那個早上：
我們撿了一顆尚未孵化的蛋
妳說討論的預算已經結束
於是我們丟了那個早上
於是我們丟了那顆蛋
有群龍悟妳以道：
不從那裡開始，就永遠
沒有開始。

保固期限

爸說所有放進冷凍庫的東西就是永久不壞。

但他沒有說
大家的心是熱的
全部都會壞

金剛不壞

迷信的人總是善於浪費
迷信的人就像鐵匠總是站在那裡
不斷尋找下一個金剛不壞的身軀
以及不可重複鑄造的心靈
用不斷流逝的時間驗證眞理

失敗了我們管它叫煉金術
成功了我們稱它叫作愛情

在阿美跟阿明提分手的那個明亮晴朗的下午

有人說那就叫做遺忘。

當阿明以爲在路上看見阿美的身影

你以爲的錯過竟然就是不再遇到。

邀請所有帶錶的人前來

如果你說要舉辦一個時間展
我們就發了所有所剩無幾的邀請函
等他們到來不給他們椅子
說沒有任何地方可供坐下
說好了感謝各位賞臉前來
大家面面相覷詢問那麼那展呢
我說那展早已開始隨時可以結束

你的時間就是他的時間
他的時間就是你的時間

你的時間就是他的時間
間你的時間就是他的時
時間你的時間就是他的
的時間你的時間就是他
他的時間你的時間就是
是他的時間你的時間就

就是他的時間你的時間
間就是他的時間你的時
時間就是他的時間你的
的時間就是他的時間你
你的時間就是他的時間
他的時間就是你的時間

譬喻

他們喊你像夏夜
裏邊最長最長的
偶爾遇見的海岸線

他們又說我像早晨
海邊隨手撿回的圓滑的
深邃石頭
擺在乾淨的客廳裏
成為一種　簡易
無聲音的裝飾

日子一久
石頭上佈滿苔蘚
一般的星夜
而我再也沒見過海

熱衷

在這熱衷的天氣
我熱衷地醒來
熱衷地下廚
熱衷地用餐
再熱衷地出門

我穿著我熱衷的鞋
看著熱衷的路人
唱著熱衷的歌

不小心我熱衷地撞上一個男人

熱衷地向他道歉
他熱衷地蹲下
撿起我不小心摔落的心

我們熱衷地相愛
熱衷地走遍大街小巷
熱衷地捧著對方
殊不知熱衷也有期限
我們不小心撞上熱衷的路人
他的熱衷被撞掉
被另外一個人熱衷地撿走

他看著我說
一切都已經發生

剩下熱衷的我留在原地
有人熱衷地走過去
目睹這齣熱衷的鬧劇
他熱衷地來提醒我

對於任何熱衷的事物
不要太熱衷地相信

※ 靈感取自唐琳璐〈普通 DISCO〉。

心想事成

也許大聲歌唱
也許躺著等死
也許準備一起做些爛事
也也許什麼爛事都不想幹
窗外滂沱大雨
用以計算的方式即是
時間滴答滴答過去
時間也滴答滴答忘記
在藏有心事的黑夜
輪流播放流行音樂
比誰唱的比較好

比誰選的歌詞比較爛
輸的人已經起立準備寫詩
結果雨水把稿紙全部打濕
輸的人罵聲幹我不寫了
省下的原子筆水滴滴答答
可窗外還是雨下不停滴答滴答
他爬上來說我是你的天使
我轉過去說幹你的此時此刻更像地獄
他說那不更好
顯示了你的不可逃性
你的嬰兒性，你的被支配性
遍地雨水無一不性
雨這樣下不停
夜這樣淫靡

日非日夜非夜
這還僅僅只是一種
無念無想 Unfuckable

※Unfuckable一詞來自夏宇〈更多的人願意涉入〉

與愛情無關

早餐店的客人隨手拿了一個飯糰

他問我說那留到中午再吃可以嗎

我說可以。他於是買了一個結帳

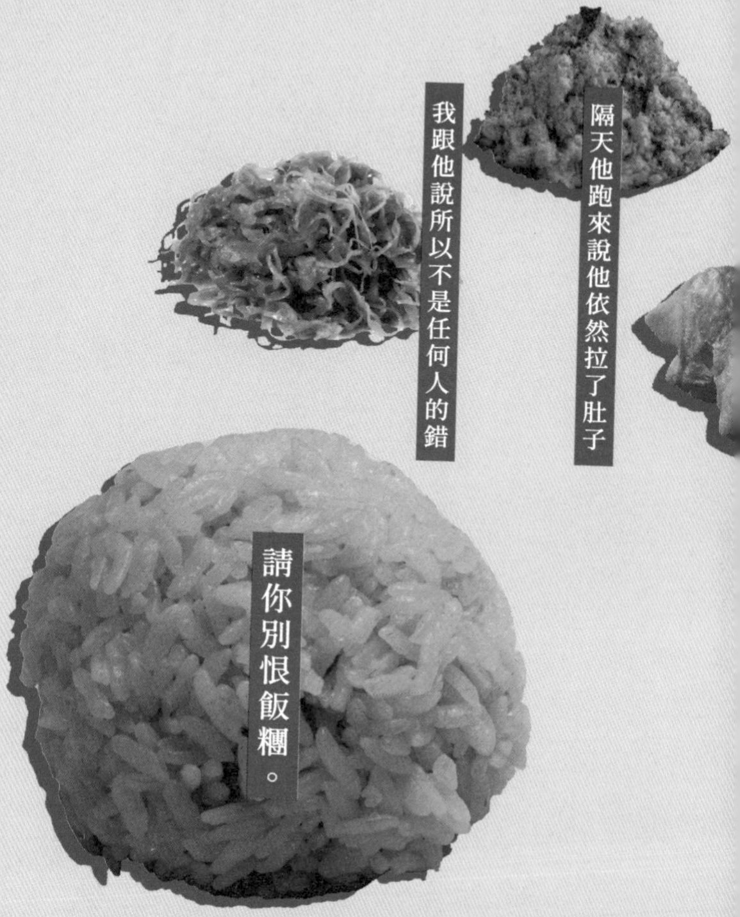

隔天他跑來說他依然拉了肚子

我跟他說所以不是任何人的錯

請你別恨飯糰。

情深似海

愛是充血　愛是謊言
愛是必須暫時手機沒電
愛是隔著一道鐵門徬徨無助
愛是開口討回流失之物

愛是伸手　愛是乞求
愛是邀請一段共舞
愛是從一不而終
愛是耐心有限

愛是沮喪　愛是難題

愛是把自己壓到最低最低
愛是愛一個人總是必須
從腳趾開始

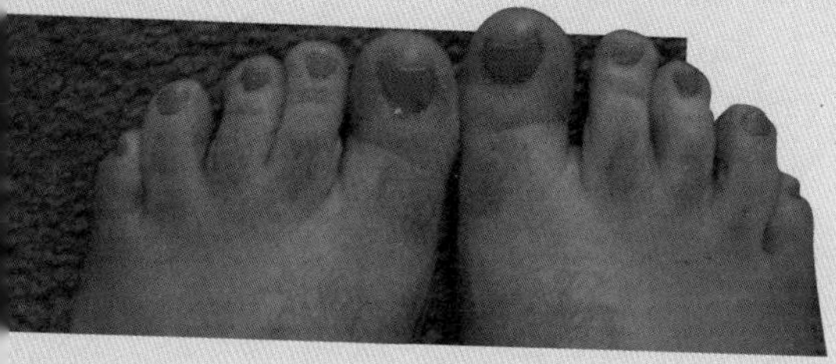

自己的聲音

回應某人的焦慮兼致夏宇

老師好施小惠踏踏踏
我離開的時候踏踏踏
感覺自己進步了踏踏
技巧與情感都有十足的把握踏
開心的時候踏踏踏
面對他人的時候我踏，踏踏，踏踏踏。

老師見狀：別人早就都學會了妳安靜點好不好

我說

好，你這禿驢。

阿鵝觀察日記

我終於走到這裡了，便利商店
馴服我以一瓶雪碧吧。雪碧啊雪碧
阿達曾經唸一首詩給我聽，他說
老太太喊著鹽啊鹽啊，就有了雪

鋁罐啊鋁罐，這樣我就可以得到家庭——
家庭號雪碧了嗎？
我用翅膀慢慢拍著玻璃門，「乒」、
「乒」、「乒」店員把一瓶雪碧給我
他看著我好高興，我想他是有一些寂寞
的小事吧，我摸摸他的臉。

他需要更多的安慰，我揣測。
我故意跌了個跤，屁股著地
意外不假外求。我自個兒摸自己的頭
他趕緊把我抱在身上說：
不痛了不痛了。

我笨笨的腦袋不太中用
我只是看。再用喙啄一啄他的胸口
心該是怎麼樣的？我怕熱，我從沒想過
他只是把我放在冰箱裏面，叫我等他下班

今天，阿達在便利商店打工

慢速抵達

長遠一年的開始總是很慢，
我練習每一次起床，要先抑制頭疼
再輕輕撫平衣物上的皺褶。帶著痠痛
的身體，我照鏡子，盥洗，向枕邊沉睡的人
道聲早安——回答中有他的口臭與軟爛
親吻來得非常慢。比母雞下蛋還要慢
蛋已經上桌，雞也已經難過。
我是那麼怒氣沖沖必須承受
骨肉分離的悲傷。快樂
總是來得那麼慢

像太陽緩緩升起，像每天都要出門上班
再回來。路途是無庸置疑
遙遠，又顛簸難行。慢慢地
慢慢地來到三月了，你知道嗎？
大家都沉浸在幸福的氣氛裡，他們見到我
總是問：妳添新衣了嗎，重新
整理家裡了嗎，今天買這麼多水果，又要準備

施展魔術了嗎？我說有時候偷偷
我羨慕飛車。更多時候我傾向危險因爲
冒險犯難的人對於時間總是可以
被開得很快。我爲此癲狂，我爲此
情靡……

世界逐漸待我親善有加，因我搬不動重物……
步履蹣跚……慢慢發胖……善意如肚皮越滾越大……
眾人見我開始行鞠躬禮，七月的時候
我選擇逃跑，違反眾人設下的禁忌：
日落而作日出而息，我搭快車離去

快車上有人舉辦告別式，一口棺材橫豎悲傷
死這麼突然，死同時
這麼浪漫。幾乎被誘惑
我開始複誦禱詞：
「請祢完全掌管我的生命
我的意念我的計劃我的道路
我向祢降服。」驚覺錯誤
窗外陽光晴朗，有人沿岸採收

我知道我又將違反我自己
我頷首致意縱身一躍

捽進滿園黃花緩緩盛開，原來是十月
啊，十月，漫長又久遠的移動
我解開衣服緊繃的鈕扣，換上鬆鬆垮垮的睡衣同
天上的雲自在安逸，緩慢旋轉，隨風散去。

移動之中，我嗅出風的味道
是橘色。酸澀黏膩且長遠
一年的旅行即將結束。
風一把將我吹到跨年晚會
過去的道路壅塞，人們持票緩慢進場
屏息以待倒數時刻。大家都喜歡靠近

美麗的煙火：那些生命中的小小驚喜
讓我們一起慢速抵達……

輯二

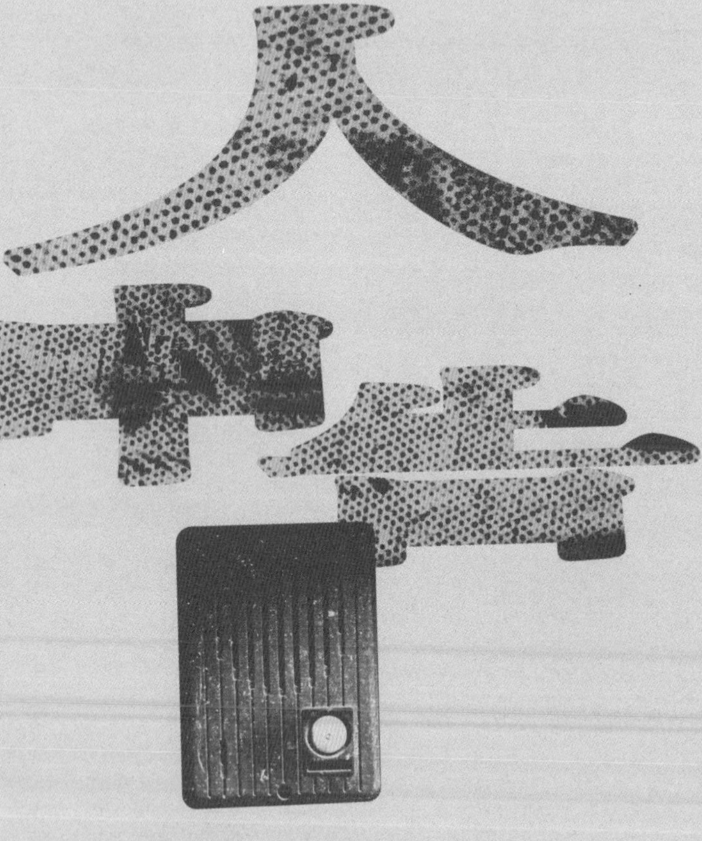

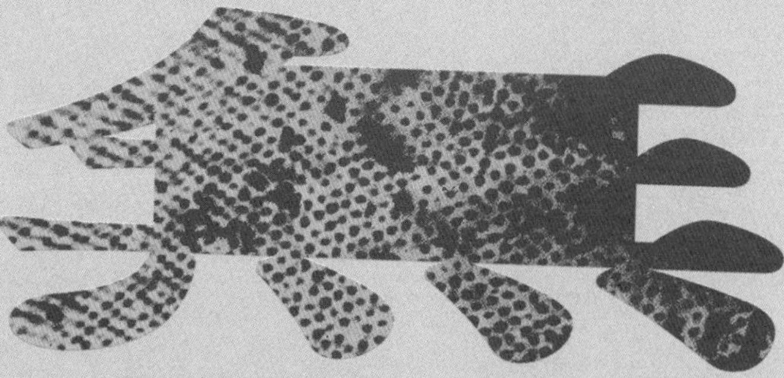

方法論

洗澡的我總想這些：
呵鏡子的霧氣，以手腕拂之
臉完好無缺地顯現出來了
隨後又顯現一層薄薄的蒸氣了
我再用力呵它
人只剩下一點淡淡的駝色了

演戲的我也總想這些：
大步在舞台的兩側來回穿梭
擠眉弄眼——與對手
盡情的說話。吸氣，吐氣，

吸氣，吐氣。呵——把聲音
送給底下模糊的風景

事過境遷做爲頓悟

（這陣子我與人討論詩作
也讀詩作，幾位喜歡的詩人寫得再好
都不能萬無一失
甚至故意愈寫愈糟
但那也沒有關係我說
因爲這就是小品
因爲只要滿足一些很少的人
甚至只要滿足你自己
就算圓滿

畢竟這是一種特別的說話方式

透過打字）

我爲了搶先目睹〈羅曼史做爲頓悟〉買了《88首自選》第四版
忘記她在哪說的，所以我家現在有三本紫高麗菜
兩年前在書店他拿了一本紫高麗菜給我看
我說這應該是二版，他翻到最後看了，眞的是二版
他說我怎麼猜得到我說
因爲有一些特別深刻的東西讓我記得
例如現在，我想起這件事

白色

鐵塔終於垮下來了
天知道我等了多久

這一座隱世獨立的後山
把天空照得非常亮

無家可歸的人哪甦醒在山裡面
交換鎮上的消息

通常是十年前的報紙
無論蕭索或燦爛

黑色

清早，村裏的野狗叼來一條無名小腿
烏雲該不該相信身上的水
一個人走著圓形的步伐

遠山的鐵塔像一塊正在融化的冰
可以導電　可以用死亡
呼喊菩薩

哎，他理解宗教
一腳跳入極小
水窪

鎮上每天都會死人
野狗每天都追著死人骨頭飛野似地跑

我不禁懷疑自己也是徒勞無功的
夜幕難道從來不打算降臨

這麼多狡詐的嘴臉最好
等待一層陰影將他們蒙上

這樣就不會反射我的罪惡
我的安心驅使我把刀子亮出來

好多東西可以把他困住
他的身影
反映在這些小小水花

一個癡傻男子流鼻水
微笑　欣賞別人的微笑
就要看到——菩薩

小孩遠遠地哭了起來
他不疾不徐　把腳抬起來說
寶貝不哭不哭
你看爸爸的腳　在天上

浴室

有一天他突然就寫不出詩。一個字，一組詞，一句話。

他把筆放下來。

他其實也沒有花著多久的時間，慢慢等候。

很浪費生命他說。浴缸裡的熱水一直一直漫出來。

一隻哀傷的水蛭一直一直吸他的血。

他還是沒有動。

眼珠子在水面翻啊翻。

「是眞的很抱歉，」聲音一直很接近。他把沐浴乳都擠進手心。啪打啪打。

「但眞的沒什麼所謂。」他整個人弓起來，不再有話。

世界歪一邊。他的耳朵咕嚕咕嚕響。

銀白的泡泡漫得聖羅倫斯河一樣遠，像雪在空中飛。

你會不會覺得冷？

他沒有答。

前衛

觀七等生有感

通往外面的門　開著
已是正午。已是好些陣子
兒子不回家

他已逃脫
攻打鄰家的女人。一條火紅色的道路
在他跟前鋪展

兒子啊
你別回來。

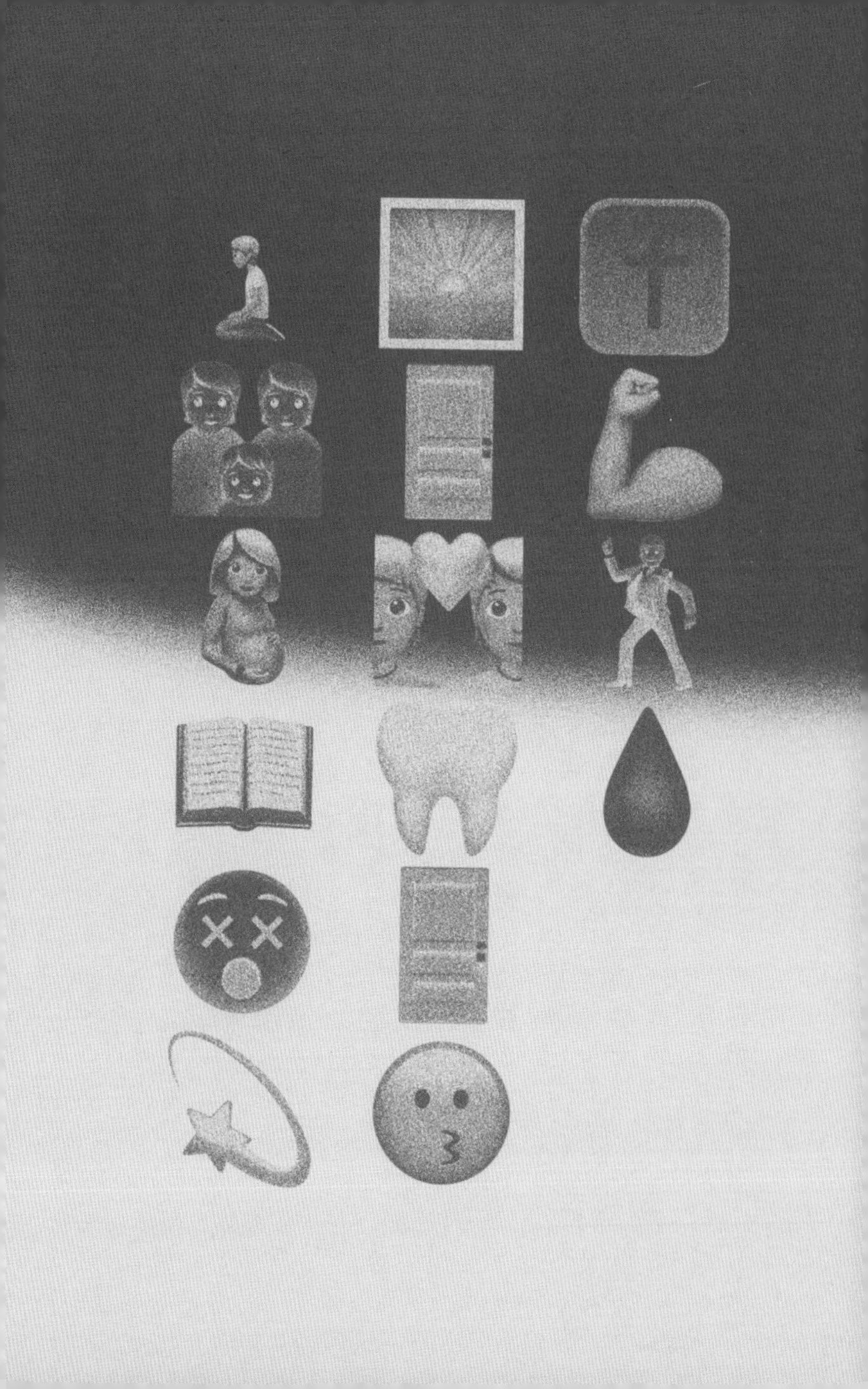

還給我年輕的生活
一扇敞開的大門
妻子在那兒，栽植著九重葛

多層花簇的九重葛
春末夏初宜少灌水，並行整枝
就會開出桃紅的花朵

上帝啊，假使我懺悔
至少垂暮的時候，讓門開著
讓衰老的愛情去尋覓他自己的影子

妻子在廚房裡與頑固的魚鱗搏鬥
我在客廳與一個喜歡的女人交往

還給我年輕的生活
一扇敞開的大門
妻子在那兒，栽植著九重葛

多層花簇的九重葛
春末夏初宜少灌水，並行整枝
就會開出桃紅的花朵

上帝啊，假使我懺悔
至少垂暮的時候，讓門開著
讓衰老的愛情去尋覓他自己的影子

妻子在廚房裡與頑固的魚鱗搏鬥
我在客廳與一個喜歡的女人交往

二月

致伊歐涅斯柯

沒有人知道二月是什麼樣子，眞的，充其量
他們只是活在書頁裡面。了不起算他們勉強
活在自己的身體裡面。並且彼此鼓勵：
「你來模仿二月的樣子。」
接著喝一口茶（空的）
再喝一口茶（依然是空的）
最後
喝光那杯茶
這些指示
讓他們活在自己的身體裡面。
確保那杯茶是滿的

並且確保他們真的喝光了那杯茶
茶不會說話
無聊的重複也不會說話
但重複會使茶消失
真的，充其量

重複是確保他們真的接近二月的樣子。
並且確保沒有人知道二月是什麼樣子。

因爲二月一定是一個正方形日曆的樣子
一定是一月加一月，一個人與另一個人
面對面，喝茶
依照伊歐涅斯柯的意思

自縊

「在未來，一個人的消逝與一盞燈的明滅無異
冷凍已然不是一門困難的功夫。
但別保留我
讓我隨未來的到來一同死去。」

桌上的茶壺燒開，溢出滾燙的沸水
讓我保留神創世時
爲我製作的線條
讓我去除對生命的種種不敬
去除皮膚以外的衣物

留下線條本身。而沒有人站在這平衡的兩端
沒有朋友，也沒有鄰居

多麼美好的一個年代
野蠻只憑藉嗅覺就能移動
死物也能橫空長出巨象的鼻子

且移動。看象鼻脫離我僵直的身軀
「是苦難比較持久，還是磨練
比較長？」偶爾見它練習速度
在我的空間裡劃地自縛

見它面向所有站在我這邊的人群
我已早一步

在太陽升起前將自己高掛在天空
像一枚升空的火箭

畢竟，今天是個特別的日子
如一條單純、完美的線條。

未來主義：「詩人必須勇敢豪邁、熱誠慷慨地獻出自己的生命。」

鬼屋

她哭著。在土紅的三層樓建築底下。唔，是否
哭著。且鐵定伴隨一個無名的丈夫，一張慘白的臉
吐著汙濁的穢氣哭著。是的，唯一可惜他
並不是在這兒，並不是在今晚

封閉起來。井，與時間，唔。在這死洞裡
這明擺著的暗殺。她漠然是他的妻，否則
怎麼她回來，像一顆沮喪洩氣的皮球
怎麼一道淒厲的風颳著，像是從來沒了孩子

以危險的頻率擊打這屋的四角。動搖土的基底

靈魂。眼睛。以這鏽蝕的窗桿站著
顯露她的神色。她曾經寫詩
但後來不，就此逃離了天眞

可疑啊，可疑。小皮球，香蕉油
滿地開花二十一，
二五六，二五七，
二八，二九，三十一。

一條黃土狗啣著殭化的影子入屋裏來
鐘敲了七下，一聲不多。再多卽是她錯了
鏡裡，這醞釀已久的一襲白衣，淸泉般的
淚滴——慟哭啊，慟哭。悲哀的

母蜘蛛在積灰的網上反覆吞食空氣，她是
白的，白的。此晚間唯一的贏家，而那怯弱
而道敗走者，並不是在這兒，並不是在今晚
榕樹早一步盤據了撤退的去路。夜的，夜的
哭聲。唔。龍船花妖異的紅攪和著
且當然是盛開，癲狂的娑子在灌木叢中
偷偷孕育一個新的。傳說。宇宙。新的
取而代之是恨，廝磨著冰冷

傾斜了信任，傾斜了長久的孤身的
新鮮的心，濃重的抑鬱，她如何都沒有想過
破山中賊易，置人死地的方式千其百種
如何都沒有一種能夠使心全然地厭倦，製爲標本擺脫時間做一永久的展示。皮球從庭院滾至家門來，老樹恢復年輕的樣貌，土的水的，死井移去帶徽的封蓋，是一個瞎半眼的判官重新喝令她回來，喝令她悲哀，水流光了接著是血，血流光了接著是存在，接著是門。被完整的推開。非常仔細的，感覺感覺不到它的脈搏。心領神會的，恐怖的屋子哭了——

你記得接孩子放學。」脫離年輕激情的靈魂，徒留肉體
全然的暗中我們卸下虛假的影子，「明天我去市集，
我試著不去親吻妳袒露的乳房，我的妻。整個晚間

對這淒冷的臺北街一點憐憫。」一條流浪的公狗對著天空吠叫
不隨著清晨的雨絲而沉重，「那不過是上天
更靜。近乎消失。陽臺的內衣翩翩飛舞

因爲感受到臺北街的美意，願意起得更晚
十月在我們這裡是熱的盡頭。妳所知悉的人事物
妻原來妳慵懶地躺在床上，如同我對妳說的

變身

我是否能從妳的眼裏看見一絲絲美意？——或我其實是妳
吸食骯髒的粉塵而凌空（是否我其實是彩虹，妻？

別等我吃飯。」我與工作一同被隔絕在臺北街的另一端，隨著
妳哺育他。七點流水般的車龍搖曳著青灰色的尾巴，「今天加班，
將孩子棄守在黎明的大風之中，時間哺育他，母親哺育他

我想心安理得的當一個弱者，不做拉伊俄斯的續命人
我沒有因此沮喪。「好景不常，妳要寬容。」難得陰沉的一天
風颳得很勁，妳喊那聲音實在太噪了，要我把窗闔緊

愛的本質，只是從這裡移轉到那裡
初初育有一子：「他長得很像妳。」我從沒想過外遇
還在擺盪。從此擺脫了安逸——在臺北街的一棟公寓

重得我跪下雙膝——一條流浪的公狗，對著天空吠叫
絕不可以被另一齣戲影響。妻妳安心地躺在床上。儘管隱藏著心事的軀殼
我將隨著劇情的眞實回到地面——我知道我要活下去，一齣戲

置之不理。晚醒而勃發的淫慾如雨絲浸淫臺北街
「將水倒入盆中。」排出陰影，活得光彩且美，對那擾人淸夢的狗
與妻子平靜地相擁。彷彿已經不是第一次。鳳仙，在這道德虛設的城市

不忌諱別人看。「會平等地愛我們嗎——」兒子從臥房離開
「他是眞的，」又一次自卑的丈夫給鳳仙修剪。它眞的美
公寓裏的鳳仙作著吹彈可破的夢，狗在吠它，連帶把它的夢也吠醒

因汗臭而脫下的那一件內衣？）俯瞰這無所不在的臺北街

侏儒家族

每當侏儒甲要開口說話，侏儒乙便請他把嘴巴閉起來。
「屋子，」「請你把嘴巴閉上。」「可是，」「閉上。」
侏儒丙笑咯咯地把一切寫下來，有天出書，他這麼想。
侏儒丁被眼前這一齣永不下片的悲喜劇嚇著了。但不打算逃。

「屋子真小，小到足以在我的手掌上攤開……」侏儒甲對著鏡子想辦法
把自己裝進屋子裏，把整個家庭用正確的方式
打開。四個人有四雙空洞的眼睛。燒香時
慈悲佛將他們的虔誠還之以眼淚，像一口老死的井
再度噴湧。可憐渺小的侏儒，可憐渺小的空間
被四格窗囚禁，被窗外陌生的街訪鄰居視作

一幅畫，一片模糊肉色的風景，衣服都沒了。新的一天
新的一世，心的夢幻泡影，歷經綻放與撲殺
仍要自卑地醒來

「這難道是我們引頸期盼的生活？」如果不是祈求無效、佛殘忍
這難道就是生活真實的樣子？侏儒乙不是第一次聽別人說
生命是一齣悲喜劇。她總是配合著一陣放聲大笑，再轉過身
她呸。這一幢無恥的家屋，處處是愚人的擺設
空中狎暱的烏雲，老么眼中一匹斷翅的天馬
圍繞在這一座春日裏陰寒的監獄，時刻想著起飛
——處處是一家庭之悲傷。孑然一身的侏儒免不了勞動
疲倦，生煩，對彼此
表示疑問：「這裡有足夠多的空椅子
我們爲什麼不坐下？」

我們什麼時候有了咒詛的影響？侏儒丙又可以舉起筆
借題發揮，包藏禍心，再活一輩子，一輩子與昨天無異的今天
一輩子與今天無異的明天。被寫下的便會正式
列入無依無靠的永恆。在永恆裏歌頌不斷反覆的日常是爲家庭壯膽
雖然這並非傳統的祝禱——屋子在膨脹，不斷上修它的高度
侏儒已然分不清是汗液或淚水膨脹了它。生命原來是一個平面的詞
倚靠勞動才能將它充飽，或者說

復活。或者說，侏儒丙毫無疑問是一個聰明的作家
在這明顯被水澤過的黃泉地，不急於收拾被沖散的家人
只是想起他那平庸無能的弟弟，「找你的夥伴玩去
滾得越遠越好！」多麼可敬的私心
弟弟一走便是十年

十年了。侏儒甲對此不發一語，把玩著手上一顆
六面的骰子，直覺告訴他要解開這二十一點的奧秘
「因爲它使每個人都感受到公平……」而侏儒乙踩著
春日的屍體又勞動過來，「見鬼，你也不看看這破房子
大得一無所有了！」這眞是對侏儒最大的悲傷，弟弟
沒有人記得你叫什麼名字

可憐的弟弟實在是太小了，小到他不得不成爲這個家的一份子
不得不假裝自己離開過。眼看著即將透過勞動而通天的家屋
那匹伴他多時的墜落的天馬，也能隨之回到天上嗎？
也沒有更多的願望了，玩伴，只要你能重獲自由的身軀
這不就是別人所謂長期潛伏的野心嗎，哥哥
替我取一個不會被關心的名字吧，讓我強過那些有名有主的痛苦

讓我活著跟沒活著沒有什麼區別。哥哥。故事裏
你稱我爲侏儒丁嗎？別再讓我頂著親情的臭皮囊。
窗外只剩下滴血的天空，勞動的成果又再一次爲我們綻放：
給侏儒甲一隻口哨，使整個家庭在他口中
終於成爲一行隊伍。給侏儒乙所有的侏儒，告訴她
終於妳不必再勞動了。哥哥，我給你拿來所有的空椅子
我們爲什麼不坐下？

藉酒裝瘋的即興

致義大利未來主義

我們把獨守空閨且經常受辱的妻子偷偷換作路上一位陌生的女子。丈夫在外賭博酗酒輸得滿堂彩。丈夫回到家一腳把門踹開，衝陌生的女子拿錢花並吼道：「妳化成灰我都認得！」

姊妹會的卽興

每天／連線上網／螢幕右下角顯示氣溫上升／氣溫下降／新
聞自動更新／有人對另一人動粗／就有另一人對另另一人動
粗／傷害複製這一回事／可能在家裡／也可能在樓梯間／你
的位置與他的位置互換這一回事／他上樓梯／你下樓梯／從
怒視變成凝望／搞不清楚怎麼會這樣／你覺得身體很痛可是
你更覺得某種情感誕生／你對自己不滿／難道一輩子都被別
人掌握／只好下載交友軟體／右滑是喜歡那／就／讓／我／
們／通／通／右／滑／總是得先讓所有人都進入是吧／然後
一個一個嫌棄他們粗鄙的長相／清高的興趣／如此這般你的
情緒擴散／也可以兼談流感不是嗎／一個人不好所有人都不
好／一個簡單的譬喻／居然可以囊括百物欸我說／反正口罩

戴也戴得夠久了／所有的人都有了便宜的僞裝你說／這樣比較美她說／有些人除了眼睛就一無所有了你不知道嗎她說／也難怪交友軟體興起／煽情點的聽聲音／沒文化的靠寫信我說／我喜歡的人經過計算／最後都會輸得很慘／例如史達林／充滿激情而理想亂來那一套／是不是太過堅持某一原則／例如吃飯前要先禱告／待會兒還是會婚前性行爲那一套／只靠片面／短暫成功／你說扯遠了重點還是那張臉對吧／對啊我正要回到這裡我說／喜歡戴口罩眼睛很漂亮的她小姐宣告退出／砰一聲關上的門／幫我拍手／眞的好喜歡這種功能性角色哦我說／至少我知道自己在做什麼／你認眞嗎那她的角色曲線在哪裡你問／你認眞嗎那你的角色曲線在哪裡我回／再說你也只會滑滑交友軟體而已嘛／就不要只敢對無名小卒唸東唸西了好不好／其實大家只是喜歡玩交友軟體／爲什麼大家不能純粹喜歡鋼琴／純粹喜歡跑步／一隻叫都叫不來的

爛貓還眞的以爲牠會表演後空翻嗎／大家不累嗎／大家不累
嗎因爲一時的新鮮感喜歡一個人／因爲永恆的厭惡感又要將
其刪除／大家不累嗎／其實重點是躲在後面這件事吧你說／
位置與位置的交換眞是麻煩透了／交友軟體讓大家不用再上
下樓梯／眼睛只剩下眼睛的作用了你說／那我們只好繼續滑
交友軟體／退而求其次讓大家進不來／但是我們可以從門縫
中偷看／他不知道我們正在談論他／他甚至不知道我們可以
隨時把他滑掉／這就是姊妹會成立之宗旨／假裝聆聽別人的
興趣／工作經驗／感情狀態／那些片面的／打破平衡之要素
／成爲樓梯之要素／想到就好累／有些人就是會被迷惑／怎
麼會這樣／可不可以不要這樣／這整件事／讓交友軟體變得
／非常困難／但是我們不會氣餒／我們會組織更多的姐妹會
／時不時爲拯救交友軟體喊喊口號／如果聽到有人這樣對你
說那他一定是在騙你／我走過去／你走過來／滾蛋

分別練習

提到分別就揮揮衣袖的才是男人
Mollie 哪，今年依然是勤奮的牛，哞喜哞喜
「您好，請問要結帳嗎？」寫詩給會寫詩的人是眞痛苦
手機裏的外國歌曲已被翻爛，還特地抄了木心
依照原句，接著要數數我們到過哪些地方，就這兒
竹風、雅博客、後來決定寫最常去的即可
上帝最好保佑十一號公車永遠健全
過時的冷笑話反覆背誦要高過了征途
人心是玻璃的，換個角度說起來叫我看不著
就不形容它的長相，只期望歸帳是正負零：
「確定零錢都沒有問題，好，收工。」

燈光也就全暗下來，宗教區的玻璃寫著某某人的詩
（某某人教會我看的林俊熲寫了一本書叫《某某人的夢》）
沒有人說搬移海浪是不可能的，店裏的椅子要幾把有幾把
等待的情節怎能致是一種浪費？空氣中的水珠凝結成冰寒的溫度
就吻。男人自覺鬍髭就不僅僅是鬍髭了
窄巷裏廝磨著的不過就是愛恨情仇
我看《臥虎藏龍》，李慕白站在竹林叢裏
一根竹子的最尖端站著的不是一個人影，不是一條靈魂的重量
玉嬌龍要飛。俞秀蓮不讓她飛。她說：「妳給我下來！」
書本便從書袋裏掉下來，這是我們一生修習的輕功
您走得了，師傅。您的武功已健全，我是您不要的那把青冥劍
外國人管這叫 Pathetic，今天再給您上一課，這不叫可悲
輾轉迂迴的方式，用著您那滑稽的腔調再說一次：「老虎。」
老虎。今晚是哀傷的日子，周星馳願意放你一馬，如果可以

不如再跳一曲：如果四月清爽，三月必定黏膩
二月，請你默背：「一定是一月加一月——」
——我與你面對面，最後一次天空無星
我在二手書店當店員，您在這裡

※本詩諸多句式、想法、情節取自木心〈巴瓏〉、李安《臥虎藏龍》。

重逢練習

人們總是傾向於鴿灰色，而爲了你我養八齒鼠
唱，偷偷龍偷偷龍[1]，龍貓在現世紆尊降貴也是一種鼠科動物
意外寫出了一首好詩，別人總認定他的下一首也是好詩
而爲此我讀多讀書，書裏面的好人除了好一無特色
我是否應該原諒他們？（我學木心
一個大男人寫的句子，不識柔軟，堅實又決絕
後面我則做我自己。）吾愛，我已無力熄燈
你可以輕輕幫我關上

結束我思想的旅程，明天我們空中再見[2]，難得
可貴，爲你保留上好座席，暴亂世界在我們下面

蒙上帝恩寵，年輕的日子不可哭（二〇二一
我們哭了好多次）不可愛，不可親
我要你笑你就用力笑，可喜歡的非得喜歡
還要你爲我獻上一首
情慾歌唱：莫勸他人奉獻眞心
面對愛情我也搖晃。

復歸無言。我看，我想，我總覺得
雖然不敢肯定，無論身在何方
他們永遠都是這樣的配色，鴿灰，陰鬱
晚春的熟爛氣息。聰明的八齒鼠不怕無主
難免流浪，誰讓季節不是個詩人，歌聲
永遠傳遞在雲朵與耳朵之間。啊。衆情敵
聽完它我幾乎原諒

凌空　我們還飛著（誰知道空中再見究竟是什麼意思）
很快是夜雨瀟瀟，霧氣瀰漫，山高水長。它們那麼大
我們好小。這一次羅曼蒂克的光景會陪伴我們
到天亮，我祈求光線把我們沐浴，我祈求光線
讓一切變得具體，使心照不宣
這短暫的一刻就是永恆，我們的心緒
我們蒸發

※1　「英雄聯盟」遊戲技巧之一。
※2　出自金士傑劇本《明天我們空中再見》。

輯三　普普座位

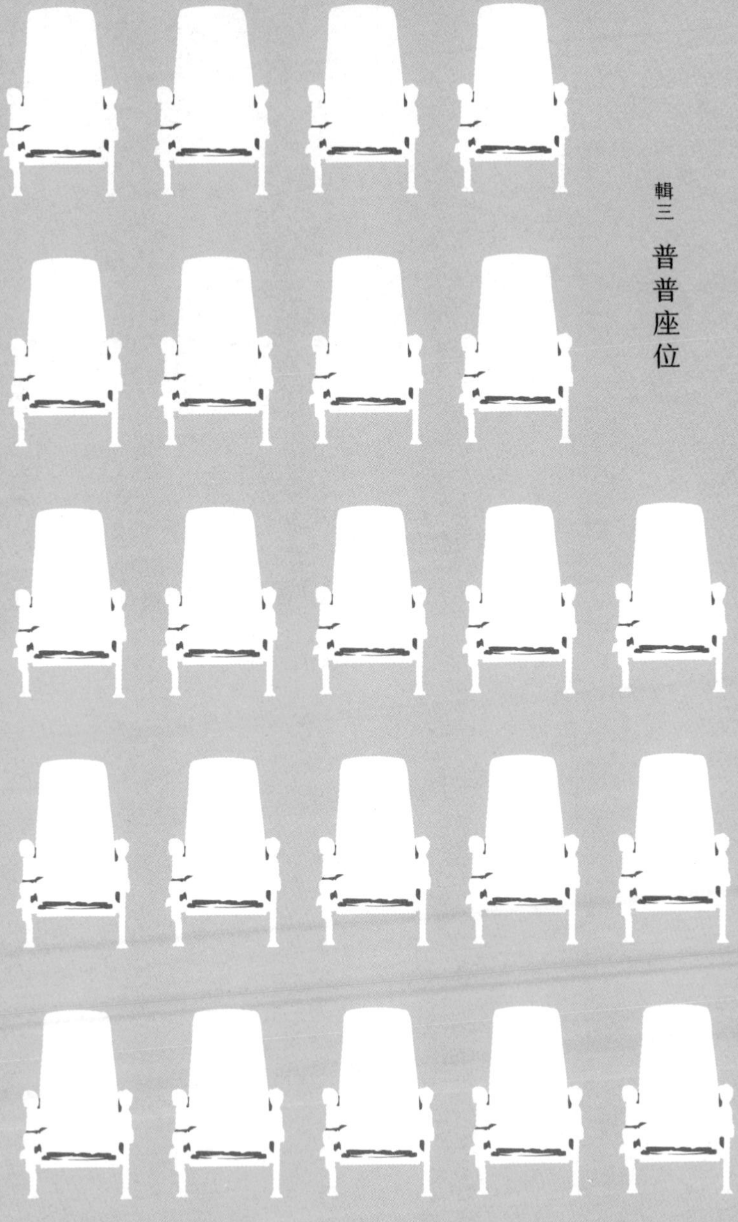

電影院

烏雲輪轉，摸黑盛水往外傾倒的夏天
他假裝若無其事，好像所有相愛的光景都安全
困禁在一卷佈滿乳劑的膠片。穿過雲層
穿過屏幕翻轉過來影廳裏的他們依然靜靜

聆聽旁白發言：

他怔住了。無感情又篤定的，竟有人可以預言
別人可能的命運，他替換了一個站處，長街
有毒。寬廣的光不見底的未來。捉緊一個人的手
「可以嗎？站在這裡不要動，」背景音緩緩流瀉，他即將說
「像太陽。」整座小鎮被熱氣騷動，誰都不能避免地發光
製造了錯誤。有人的錯誤這麼值得原諒。因爲他相信她。

因為盛夏。融化的一切讓記憶失靈。他還記得這次的見面
他沒有站起身來，燈光打在他們的身上，冷氣竄佈
遵守分級制度，全面禁菸，請勿使用任何錄影器材，否則陰森
的一顆心要無所遁形。「妳會拯救我嗎，當妳發現災難之後
我與所有需要被拯救的人有所不同。」一個放映者的冀求
觀衆魚貫離場，一部電影便正式進入尾聲，等待一個外人
為他們安排合理的結局：他們坐在位置裏，情節從眼裏跑過去
他不斷的落淚可是她無動於衷。人潮散去，電影播放結束之後
膠片空轉，小鎮消隱於灰白的舞台。他還在等待。可是悲劇
裏一場虛構的天明是永不再來的了。穿過雲層
穿過屏幕翻轉過來影廳裏的他們依然靜靜坐在那裏

育樂中心

一條深不見底的街的底部，有這麼一種結束
屬於不能回頭的方向。
屬於一種不能仰賴猶豫而成長的
城市。一座不能明白虛實的育樂中心：摩天輪，射擊場，密室探險
保齡球館，屬於員工連結的暗道。這一切，女伶——她領我來
屬於一雙流蘇的舞鞋

她迴旋著她的腳踝，底下的影子
呈圓錐狀，投影到每一個擊球者的臉上，球瓶
用楓樹的皮漆著，像屹立不搖的十根蠟燭
落在球道上，而女伶奉獻全部

並且應許了整座館的願望。育樂中心。這街倖存的欣喜的場所
在她的腳底下鼓動著，隨願望而變形

這建築的靈魂透過時刻的轉化，在娛樂的加總之下
更顯得立體——呈圓錐狀。這不爲人知的魅力，誰能想到自己的身影
巧妙地存活於影像之間？穿梭於暗道之間？育樂中心
聲音的震盪，光的擊發，隨女伶的舞步匯聚、迴旋
賓客便不去想存在的問題。這一夜，他們花了大把時間
走穿那條街，從日常反覆疊加的愛與眞實之中，脫離

吃角子老虎拉下招財的手掌，金屬飛鏢直指圓圈的中心
彩票離開堅硬的蛹。如蛾之舞。生來，牠就知道自己的作用
不帶著所有人飛翔，僅是迴旋，給予快樂的感覺

不給予快樂的本領。育樂中心，這一座巨大虛實的巢穴
由女伶控管入口的啟闔——恰恰，她往前一步，恰恰
劃出一道弧形的線條，一條拋物線的滾動

一顆保齡球器重它前進的方向與速度，終點的圓錐
面臨滾動的漆黑，像屹立不搖的十根蠟燭
燒亮女伶兩頰的淚水，原來她正跳著獨鬥的胡旋舞，企盼著
育樂中心，有這麼一位登門拜訪的賓客，帶上比愛更多的絕望
就算打破圓錐的籠罩，也不畏回到妻小身邊枯燥的日常
——屬於一種精心算計的投擲，甘願被洗入無邊的黑暗

茶室

拐過那個巷子再右轉，見到招牌跟櫃台說些暗語
是，今天工作累，肩膀老酸了，屁股夾得可緊
夕陽落得都還不夠低，她就順來
一支高粱，一條熱毛巾，男人的臉西瓜紅
老女人呼著煙一口氣噴了他滿臉，說
你死木頭，小姐等等又要鬧不開心
男人把手往頭皮推了一推
是，我很憨慢，拜託小姐多包涵
男人虎背熊腰，不小心可以把屋子都給夷平
卻連女孩子的嘴都沒親過。我的朋友
對愛情有著綺麗的幻想，如果不必是在這裡

他們走在街上可以像數學課本裏的蝸牛問題
白天走三步，退一步，晚上再走五步，退三步
目的地是跟蹌的走在街上喫珈琲，銀樓在一邊
鑽石像一窩就要出生的鵪鶉蛋蠢蠢發亮
如果放在她的無名指上多好看？他的心
跟著他的思想團團轉，不諱言這就是他的全部了
是，我的朋友，愛情在現世裡理當要作奢侈品
衣服要錢，乳罩要錢，打胎更是要錢
如果你的美夢還沒夢到睜不開眼的地步
烘乾的茶葉在水杯裡舒展，變潮，變濕
霧氣騰騰就溢了茶室整間，你想的這整件事
給她的脖子繫了顆鈴鐺，叮叮響。這是買來的一小時
如果堅持不出來，她會不會就是你的
啊，一嘆。你都沒來得及問小姐的名字，我的朋友

天已經全黑了，人的臉孔是會變得模糊
被生活裡的瑣事包圍著的人們眼珠子裏都是水光
鵪鶉蛋還非常遠，傻男人把整顆頭悶在了小姐的乳房裡這一刻
我們可不可以，先安靜地聽它一聽
茶室裏，兩間諜用身體交換著密報

衍生之街

我時常在太陽照射底下的那條長街找尋你的靈魂
偶爾恍神，分不清是你的靈魂徘徊在這一條街，或光怪
陸離著你的靈魂……自行發育成只有一個答案的街
九十天。整整一個季節年輕的愛一無所獲
我不會說那是可惜的。至少，每當你又稀少一點
周圍的景物添得更多了些，我能回到同樣抽象的家

將一件事物的脊髓抽出之後，剩下的都是抽象的
我們的家是這樣，這一條街也是這樣——
日正當中我吃著將融的冰棒，太陽像是一顆句點
劇烈地影響著我們。你的影子潛入黑白

印刷一張一塊錢的影印店，操作電腦螢幕
反光，掃描，依循一點僅存的輪廓

在大街上貼出你的尋人啟事，陽光很強，目光
斜斜，此時正是大風吹起的時候，像清潔隊
一一把廣告傳單卸掉，在一所國小裏旋轉
越過鞦韆，越過溜滑梯，飛到更深的地方
鐘聲同時不客氣地敲起來了，我明白已是時候離開
事態仍沒有更好的變化。像你老愛穿的那種流蘇

眷戀一成不變的事物總是徒勞的，你看長年的悲傷
把我變成一道影子，卻不願眞正把我從這一條街喚醒
我的陰暗來自無限延伸的日照，我尋找的光明來自
播放好萊塢新片的電影院——金黃的殭屍佝僂

蒐集著冷汗，讓冬青開它自己的花
在太陽底下穿好它自己的衣服

被打開的胸膛不會自己闔上，別人對我說你的一生
早就廢了。病床，貼片，沉寂許久的身子電然
舉起一隻病蒼蒼的手指，指認空中離散的詞語
歲月確實都做到了。看著你殘餘的一點精神
你眞的存在罷？我已再禁不起持續新生的事物
縮節我的軀體，我的記憶……

每當你喊睏的時候我都會多退一步。望向這永恆
無底的街衢，太陽老掛在天上活像一塊人造的畫布起起
伏伏。放射寂靜的光波。拒絕情慾的勾引。我陰暗的愛
也可以被囁嚅地照亮嗎？虛構的人深惡死於冰冷的色彩

自去春不停衍生而至的今下；我拒絕答案變得更加具體
並慎重地把自己的身子空了出來

竊盜之街

是誰在兩年前丟失了一隻令人發噱的玻璃鞋，
僅一人合腳，萬人不能行，是誰在爛大街
的詩裡學會一句：「哦，原來你也在這裡」

原來你比我長得像自己，透過鏡子
我知道你撫摸過我的全身上下，我的表面。
但你沒有辦法走進我，觸摸我深處的脊椎

我的心是黑的，雖然時時祈禱你不是
別像我一樣討人厭，別像我一樣一貧如洗
且時時祈禱你像愛一個小偷那樣光明地活下去

刀光之街

「一次只能愛一個人，一個人只能愛一次。」

——網友觀《大話西遊》有感

一首詩仍具有意義的世界已被剷平，失去了金甲聖衣，無特色的路人
滿街跑。花轎裡坐著時間暫停的新娘
我生硬地抄起寶劍，靠近她
在快要吻到的時刻，無鼻息——

藍天酥麻，日光的手緩緩伸進
某人僵硬的胸膛。今天再來一次妳還會這樣
想念我嗎？洗衣機運轉著的是濃情舊夢，莫道不銷魂
抱不住簾捲西風，人比黃花瘦

像佛祖跟旁一盞亟欲修行的明燈，體香與元神
是裡頭鬥得太厲害的燈芯，分別離開了天庭
去歷經人世的一陣刀光劍影，而發現
終究是逃不出如來佛的五指山

風再颳起，它們必將隨著風的返途
回到我身穿的舊衣服
埋入體內不絕的流血，爲除一切苦
喚醒過往：「問問觀音大士，爲什麼你還活著？
看在死人的份上
爲什麼你還在這裡？」唉
問出這種問題的人肯定是心有不甘
淚水同時，從電視機流淌出來

（一位有著靈動雙眼的貧嘴的女士，怎麼會是一名大俠的對手呢
金鈴遠遠地響著，誰人說不準又要跳一支迷魂舞：揭諦、揭諦，
波羅揭諦，波羅僧揭諦，菩提娑婆訶。縱身一躍時光倒流，般若波羅蜜。）

我已不再上街與人四處糾纏。那麼多重疊的心臟裡
也不曾見過一次我微笑的女士。那麼多無聲的送別裡
還能吐出一口氣的人是眞幸福，因爲只有他們可以唱一首春風似剪刀
在我回憶的興頭上，一把奪走我的命根，使我變得輕盈
而又飛回天外天

穿過七色雲彩，在宇宙間做一個所有人聽說過的神仙
去體會眞實，意思是做一個說書人口中冥頑不靈的臭猴子
接受每個短命的人在我的胸口插上一刀，也就是所有人

誰叫我不會死，我不會痛，可是依舊孤獨地站在這街心
人與人交流匯集之處——哭了。
這樣的我像一條狗嗎？我的劍不隨身已經很久了
我的劍源自於妳的心，曾經穿刺
如今我已可以自由地遊走在戒律與宿願之間，想卸下鬆綁的金箍

可是，感到茫然——般若波羅蜜。小樓昨夜又東風，點不著的燈芯
就別再點啦。我是這片黑暗中唯一理智的人，熱情的女士已不在
每晚二更時分實現不了的野遊。冥冥中湧來孤獨而不自知。是誰讓我渾身發麻
輕則難以入寐，重則愛一位悲傷的女士。般若波羅蜜。一陣刀光劍影
唯一的女士已不在。二十一世紀的人們還是喜歡穿越劇，休涕淚，莫愁煩
我就站在這兒，明白世界仍然是一首詩不具有意義的世界
心愛的女士已不在，明天依然會孤單，般若波羅蜜。

行邁靡靡，中心搖搖，師父教我慧劍斬情絲
再也不掛心

喃喃之街

「麵包樹亦無須長什麼麵包」——周鼎〈喃喃經〉

看一幅席德進的風景畫
就是眞實嗎？

他的家鄉讓我想起了我的
童年：山鬼吃剩的兩片烏雲不成人形
那年媽媽34歲　我7歲
數學題本上的年齡問題永遠解不出來：
「阿達與媽媽的年齡相差27歲，當媽媽的年齡是阿達的2倍時
阿達幾歲？」

（阿達那時候——還會哭嗎？）

在這一棟湖水包圍的小民房裡
媽媽整個人都濕透了
媽媽把學歷，工作，與
丈夫。撲通一聲
丟進青灰色的湖裡。一起生活七年
我們那麼相像（水花
一直濺到我的臉上。）
總是接受別人
繼續存活在自己的生命上

（阿達長高的那幾年，他媽一直叫他

不要駝背。）

才7歲。眼角的汗涔涔流到嘴邊
分不清前方回家的林間小道，一點風吹
草動，於是疾跑，慌亂中閃過
等等見到媽媽的說詞：
「我還小！我怕！……」
而一路跑回27歲
媽媽的身影在窗後
四分五裂——是我穿過了時間還是
我穿過了席德進的畫？
一個女人打水的身影在腦海快速浮現
（阿達媽媽國中畢業就做女工

很早富貴手）

女人將木盆遞到我的手中，
激起水花：「白浪滔滔……
我不怕……」我不去看她
潮濕的空氣包裹著印花的窗子
小民房縮緊它溢出的陰影。裡面溫暖
的家庭已經解散，時間在暗中
移轉得特別快，再一下就要天黑

（阿達自幼與媽媽相依爲命
特別怕鬼）

我不能再留在這裡，以免她的靈魂感到驚慌。

媽媽請坐。請留下。吸氣和呼氣就要緊連在一起
——成爲一條長長的休止符，只要妳想
妳一定能
必死無疑——
我就要放心走了

（阿達無聊的時候，經常在水邊看自己
與爸爸揮手）

媽媽——我怕——我不要跌回深淵之中
這麼多年，每天
堅忍地學習跑步
磨破的膝蓋是我唯一的夥伴
未來在遠遠的空中飄來盪去，而我

出現在席德進的畫裡，兩個平行的世界：
原來詩歌，真的能征服一切
媽媽一定懂得了真理，才會在那天對我說
「一個人活著就很夠了，否則
免不了要自相殘殺。」
我全忘了
只記得她曾經34歲，衣服在高溫下
沁出水花，一個女人打水的身影
白浪滔滔……我不怕……

（阿達今年27歲，獨自一個人，堂堂正正
在美術館看席德進的畫。）

中斷之街

在一條現代化的街道裡，經常耳聞幾個人在半夜死去
「他本來就吃得少，這幾天簡直不成人形……」她還是他愛的母親
但他就是想日漸消瘦下去了：「時間這麼快，我根本沒來得及
多看他一眼。」喜歡一個人需要理由嗎？需要嗎？不需要嗎？
需要嗎？單戀著陌生人，時時盯著窗外，流目油

又或是知道天空的盡頭依然栽在這扇窗的墳上，他低頭
滑手機——「我的老鄉周小龍在微信群看到這篇分析台灣年輕人的文章，
幾個特點忍不住分享給臉書的親朋好友：強調自由但貪生怕死、愛錢也愛抱怨
什麼事情都往便利商店去、能夠記得所有周星馳的台詞。」好像過去種種
都已虛浮，人真有這麼大肚？他放下手機，準備去街上的便利商店

買涼水。小氣的台灣人坐起身子，靜思冥想，沉默等候十秒鐘
接著掀開桌上的解答之書

便出門。二零二一年我們還是沒有飛在天上，小叮噹應該還是黃色的
還是得靠一雙粗勇的大腿，還是得靠傳訊息才敢說媽媽我愛你，台灣人
眞可憐。曾經有一位流亡的詩人住在這裡，渴望有人狠狠地釘他
但後來太陽都老了，他所期望的未來沒有發生
但鞋子依然把我們運到這裡。他唯一說中的
便是時間。他眞的瘦得跟耶穌一樣。我多希望他能患上癡呆
這裡只有乾淨得令人猥瑣的巷子
甚至連一張晚報都沒有了

沒有人會再去懷念一早發生的事：
一個貧窮的竊盜犯在日光的慫恿之下行闖空門

車牌清晰、五官明顯、監視器仍完好如初
T恤上印著我愛台灣四個大字。記者訪問他要偷什麼
他說尊嚴。
好一個尊嚴。做人如果沒夢想，那跟鹹魚有什麼分別？
總是兩人成行的傳教士騎著腳踏車兜了過來：「說到夢想，
請問您見過上帝嗎？」我便指向那位竊賊，我說娘子啊，快跟牛魔王出來
看上帝吧！上帝未必能拯救每一個人
但這位先生確確實實
拯救了我

這樣的一個陌生人容許我再多看一眼嗎
這樣未解的疑問，似乎羞辱了他剛才給我的教誨
爲什麼愛與尊嚴不可兼得？
一小句話就掩蓋了理智，使我日漸消瘦

萎縮，學習用詩歌就能說好一件事情，或者回想
出門前，解答之書所說：「你期待去解決。」

生活曾經不允許我的，如今給了我機會
把飽食的窗闔上，讓天空離開它四方型的墳，台灣人不只愛自由
也愛著別人的自由。我猜中了開頭：打開門
蔓延無底的街一直都這麼長，媽媽依舊是愛操心的媽媽。但結局
我要自己改變：不再懼怕一個人的死亡、一條街的寬闊
且瞭解到它們的眞諦——「什麼事情都可以去的便利商店，
意味著怎麼樣都到不了。」長年的惡習不能再綑綁著我
因爲我已知曉愛與尊嚴
可以兼得。只要我追隨你，不是被強迫
是我還要貫徹你的信條，一直向前
擺脫身上的枷鎖，將膽小拋在身後

未來之街

手持一架相機　畫面
不停搖擺
一個新生兒產出

她背過臉　從玻璃
映出一頭烏黑的長髮
而你將第一次記得
深愛的那人，走往
出口的廊道

護士帶來一件褐色的毛衣

平攤，爲你穿上
菱形的花紋——
你很快就理解了（她髮質柔順）
事情（染色的流水從高處，通往低點）
有些不對勁。好像你被迫（你好想撥開濃密的瀑布）
有了變化（看一張臉的全貌。）

然後——
是你的手
將自己打結。然後
是腳
彆扭地擺動——一條皮膚色的
蛇
爬過黑暗的病房角落

目擊的護士
佯爲不知
牠的心裡浮現一點勇氣
菱形狀的。然後牠吐出細長的舌頭
道謝。然後追蹤
離開的氣味——

——先是門縫
——而後電梯。緩緩上樓
——來到了天台
——然而夜色的海，與波的羅列。
——柔軟又綿密，她眞的
——經過這裡

然而天台的另一端
交岔的街道在眼前卷軸般
鋪展，零星的街燈——羊皮紙的纖維以及
幾塊磚瓦砌成的門牌
構成矮矮的平房——從你聳立的高處
光的——蜘蛛網
花費一個晚上編織：面積
巨大，捕捉潮濕的空氣，變得
晶瑩剔透——一張柔軟的嬰兒床
你想到深愛的那人
曾經擁著你入懷，胸脯有甜美的汁水
一個接著一個嬰兒平安地長大
爲新生活踏步！朋友們！

對未知的旅程不夠熟悉，但深刻地瞭解自己
步入了街道，成爲地圖的一小塊
你視野中的一小個人——她留下了財產
贈與給你——你吐出舌頭
呼吸，空氣中僅存的一點愛憐
這僅存的一些，現在
就在你的腳下

然後你蹲低。然後
奮力一跳
（光線愈來愈密集）
（人聲佔領了大部分的喧囂）
（燈火通明的新世界！在滑翔之中祈禱！）
到達了——街上

匍匐，蜷縮，再往前
爬上一台市景巡禮的公車
往深愛的第二個人
靠近

地圖上，一個點移動
然後停靠
與另一個點交會，一起
乘坐公車：「歡迎——
——你來了。」

一條蛇
矯正自己的雙腳，與你正坐
蛇皮蛻爲兩人之間的一條耳機線

聆聽導遊爲市容的解說：
「這座鄰望海灣的公園，綠草如茵
原先爲垃圾集放地，經籌備處規劃後
將於近日內開放。歡迎遊客們
再次前來觀賞。」將來說好會發生的事
將來一定會發生。一條蛇
鬆綁自己的雙手，現在
與你十指緊扣

暴食之街

暑熱，一顆野生的皮球
飛越三個街區
一地玻璃碎

倒影起身了
——先是走了幾步
倒影在玻璃前照了照自己：
嗯，沒有什麼鬍鬚可刮。嗯
一身黑。

倒影在衣櫃面前晃了又晃

它們也會問：穿或不穿？
倒影穿了衣服
還是倒影。黑色的顏料
不停從手指汙染出去

臥室黑了，
——倒影看上去與它融爲了　一體
一個格局嚴謹的四方體有著一扇通往外面的
門
嗯，果然是貪吃的。嗯
衣服的尺寸越換越大

倒影掐住鼻子
舌頭像紅毯般舒卷

「啊——」吃掉了客廳
電視在黑色的顏料的縫隙間
發亮：「人民在街上
組織了集體運動……」
倒影看著顏料一點一滴的
填滿發亮的隙縫

倒影鬆開了鼻子
「哈——」深深的
吸了一大口氣
連帶把碎玻璃也給吞了（皮球或許可以
留著
供自己消遣
打碎更多的玻璃）

倒影的範圍擴及了整個院落
緩緩　　　　　　　（安安）
向外攀爬　　　　　（靜靜）

或許，朝三個街區外
那顆皮球還沒開始。
飛翔的地方
——倒影來了！

或許，只是或許
朝電視裡。播報的那條街上
它的兄弟姐妹們暫時
定居的地方

如果只是一直單純的吃著——
吃一台影印機。生出另一個自己
吃一棵樹。爲了將來能夠
一次跟更多的兄弟姐妹們
握手。爲了
讓心情有更多的深淺，倒影
吃一座泳池，放在自己的心室

——倒影覺得有點心灰意冷了
因爲這是第一次
倒影學會吐露自己的心聲：
因爲失誤的計算，因爲
我耗費了許久，吃。吃。吃。吃。

來到城市的市中央

（安安）
（靜靜）

倒影碰到了電話亭
的門把。倒影用手往後
用力一拉。碰到
黑色的金屬聽筒

「啊——」（片刻
或是良久）

「嘟讀賭都・嘟嘟嘟・嘟賭嘟」

倒影在自己的大肚子上
按了按，給倒影的倒影
撥一通電話：
「您所撥的電話無人回應，請稍後再撥，謝謝。」

舉步蹣跚，倒退倒退
倒影往自己體內的那座泳池　（倒影的體積在這裡）
放聲哭泣。往自己體內的那一棵樹　（不會變小）
與自己握手。　（不會變大）
往自己體內的影印機，感謝一切　（不會變大）
並不是虛空　（不會變小）

——倒影來了！
在院落的碎玻璃裡

看到好多好多的倒影，嗯
沒有什麼鬍鬚可刮，嗯
一身黑。
再往內。再往內再往內看到
漆黑的臥室

論詩詩

獻給張正或毛雄鷹

當台中慶綺出現在我的生命之後
當她揮舞她的手手腳腳，當她
用她隱匿於黑暗裏的眼睛看我
我就不想再使用譬喩了

我發現去描寫「什麼像什麼」（她拉了一把椅子，坐在
我的面前）永遠都不會是眞實
可是如果不在故事裏加油添醋
她會不會跟其他的女人一樣，
因爲感到無聊，而離開？

（這時候——我應該穿插點好笑的段子
消除那種尷尬感。）

：直到研究所做期末報告
我才知道古代的龍蛇同爲一源（她挑了眉）
原來這一點，李澤厚的《美的歷程》有嚴謹的說明
對岸甚至將此書列爲初中生優良讀本
人家十三歲就知道的東西
我已經二十五歲，生命比人家整整大了一輪
早早出外上班，工作薪水的三分之一要上繳給母親
剩下三分之二，要留給我的興趣與未來的家庭
我卻毫不知情（她微微笑了一下）

（坦露自己的無知——我竟然感到

有一點舒暢。）

我的朋友經常跟我聊楊牧寫詩又用了哪些典故
我不知道——
我的家人，問我打算這樣寫到什麼時候
（她看著我，使我冷汗直流）
我不知道。
過年給長輩們包紅包祝壽的時候，他們問我
討老婆了嗎？房子看了嗎？研究所——
畢業了嗎？我不知道

（寫作一定要有譬喻才精彩嗎？她站起身來
若有所思地
盛一杯水

我也站起身來
拿起床頭櫃的一本書《它多麼小》
遞給了她）

裏頭寫：「我不知道爲什麼這麼煩燥不安——」
一個結婚並育有一子對生活感到焦慮的中年男子
寫了幾首詩十幾年過去飄洋過海
來到我的手中。產生強烈的共鳴
他不會知道。我以爲詩歌
應該是這樣的東西：它並不偉大
它多麼小，夾雜在生活的重複與寡淡無奇之間
雖然很少人知道，但不是無人知曉——

她把書翻開。

三幕劇

《台中慶綺》

致詞

請原諒我，接下來要向你們說明這些個人的
不足掛齒的開場白：哪裡才是眞正的舞台？
人們不僅僅在舞台上被觀看。慶綺隻身一人
在舞台中央，用一則平淡無奇的演出，觀看
衆人的動向：儘管人們平時很少眞的去交談
可是他們的選擇——卻不能輕易掩飾住情感
接下來，就全仰賴台下你們的一雙雙眼睛，
看著慶綺渾然天成，而我從黑暗中信步走到
我們習以爲常的地方：劇場。下一個劇場。
爲你們獻上我駑鈍的心裡話——權充序幕。
（某一天讀完莎士比亞，我喜歡這種刻意
在百密中，留有一疏的致詞。）

手語

老師在導戲的時候，曾經跟我說，慶綺，這個人，這一巴掌，妳不能打下去。打下去，張力會變成暴力。然後他就一個人走開，劇場回歸安靜。

老師一定寂寞。世界上這麼多掌聲響起。啪，啪，啪。他不需要觀衆。我寫給妳，阿飛西雅。妳的名字好漂亮。

我也想跟妳取這樣的日本名字。有點異國，還有點台，雖然叫雅，又有點俗。妳這麼特別，可是妳又不講話，這麼啞。

「慶綺，這一巴掌，妳不能打下去。」然後我就打了妳。阿飛西雅。妳睜大的雙眼看著我，眞漂亮，妳最好看，我還要妳開口。我又打了一巴掌。其實都不會痛。我鬧著玩的。

阿飛西雅，我也不需要觀衆。他們欺騙了我。他們說，妳這樣戲寫得不夠好，妳能不能再多看一點，世界上就是好人壞人。什麼是不完整的人，我們沒有時間。破罐破摔，有什麼能砸的最好都砸一砸。演戲嘛，大家都知道是假的，沒關係，嚇不死人。就一下。

我不知道怎麼說我愛妳。剛認識我的人都說我很溫柔，那是因爲他們不值得我對他們壞。我總想起張愛玲，愛一個人，愛到向她要零花錢的地步，那是嚴格的試煉。

所以我打妳。我沒有要隱瞞自己的過錯。我沒有要說自己是無辜的。我這麼壞，所以我值得。老師一定還不懂得。阿飛西雅。

阿飛西雅。我喜歡叫妳的名字。「能不能再平衡一點？」這是狗屁的要求。老師。我連名字都不賜予你。天快亮了。晝夜都會輪轉。意思是意志一定會傾斜。

把握最後的時間記下妳的裸體，妳那麼啞，我用眼睛記得妳。妳一定不會愛我，因爲我那麼壞，我打妳。就算是開玩笑的。

然而妳只是沉默。

然後天就亮了。

永和的街道還是這樣叭叭叭地吵個不停，我送妳到樓下的街角，拎了一杯豆漿跟一盒蛋餅塞給妳，妳沒看，只是接。我有時候喜歡這樣，這是一種卑微。我有時候討厭這樣，因爲這近乎善良。我又打妳。就一下。輕輕的。

妳笑了。我不明白這有什麼好笑的，我想把我所有能給的都給妳。「能不能再平衡一點？」老師，你不曉得暴力在這個清晨開得這麼艷。「慶綺。」老師肯定愛著我。對不起。我也要你安靜。

先安靜，後來才能是我的觀衆。

我演給你看，老師。如果我自己招來結束。我不恨。

臺北這麼危險，下一秒我忍不住又要打她。五指攤開，掌紋自然浮現，智慧線深長彎曲，感情線淺密繁複，這人虛僞情變，冷酷無常。我愛妳。我願打妳。

阿飛西雅，妳會記得我，把手舉起來，懸在空中。

來接她的車就入站。

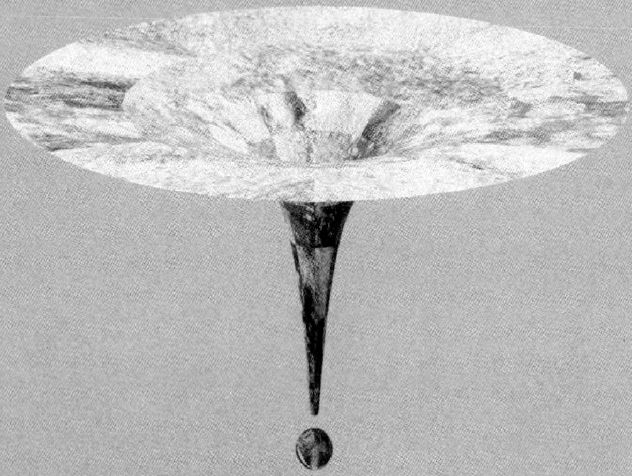

一袋米要扛幾樓

星期五，完全黑暗的學生劇場，我下課，對於
剛剛虛度的兩個小時感到十分厭倦。因我埋首寫字
顏ㄇ大喇喇地靠過來，閱畢，又無聲地坐回去

我對前方的老師還是不夠專注，遂向顏ㄇ
使眼色，畢竟那時我們還沒爭吵，而老師在台上教伊歐涅斯科
一個時時對自身感到憂患的學生便能思考許多：
「爲什麼門鈴響，
史密斯太太每次都會開門？」

顏ㄇ應該喜歡著我，冬天的晚上

偷偷繞過小麗阿姨，負疚而精神抖擻地來到我家
讓門鈴響。史密斯太太，答案就在行動之中
我邀他重播一部去年流行的娛樂型科普影片，大意是
計算一袋米要扛幾樓，才能讓世界感受到痛楚

我實在很喜歡這個句子。我跟顏ㄇ說，這是火影忍者
透過苦無、砂忍的臉、木葉村的圍牆層層計算
像我在課堂上埋首寫字：二零一九年，我搬上來台北
平日劇團，假日兼差，勉強算是個勤勉的學生
現在的雙人床上散落著幾本現代詩集，我跟顏ㄇ很雜亂
唯一的優點是還稱得上眞實

眞實是一連串不可變的過去。每個星期都是如此：亮燈，入座，老師點名，慶綺，請妳上來演一段。妳面前是一張木頭椅子，妳有三十秒，請演出「痛楚」。我便走向前，按鈴，開門，靜候，關上。再按鈴。再開門。再靜候。再關上。

什麼時候幸福猶未可知，這無意的投射就是才華——老師盛讚
有些人喜歡有些人不喜歡。顏ㄇ終於和我有了歧異
「妳這樣投機取巧、爲什麼不學學陽子
她每天準時做發聲練習也助於臉部舒緩表情多元甚至精通樂器……」

甚至我聽出顏ㄇ的弦外之音，春天之後我們便不再同一堂課。
一袋米要扛幾樓？天道培因炸出了一個大空洞，一袋米要扛五十七樓
我們就生活在空洞之中。我埋首寫字，顏ㄇ大喇喇地靠過來
閱畢，又無聲地坐回去

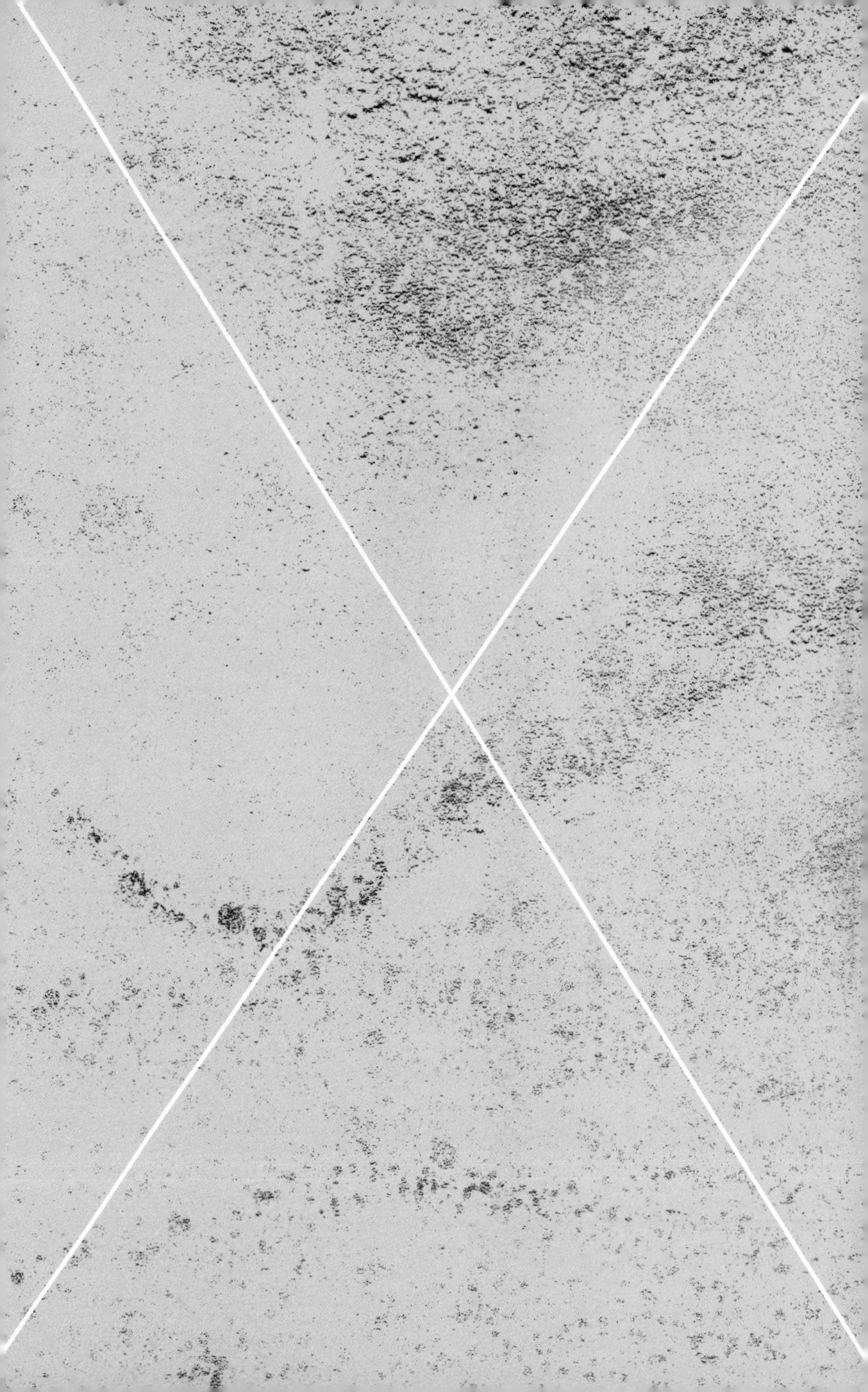

幸福

1

謝幕，導演從人群中欺近我：
「慶綺，妳總是表現得非常悲傷
妳有沒有過幸福的時刻呢？」
導演退後，比出手勢
來——一，二，三
西瓜甜不甜？
甜——團體照裡
每個人都燦爛　我扁平的嘴角
還在品嘗虛無的糖分

吳走了過來：「過幾天聖誕節
整個冬天妳四肢寒冷
不好表達。我訂了
兩張票。」
底下有觀眾前來獻花
散場的音樂還在播放
我們的身分從普通朋友變作
演員與觀眾

2

當晚　最後一個離開的人負責熄燈
我熄了燈，感覺四周的影子
從黑暗中回到

我的身體

3

接近丑時
我的身體到家
旋即癱倒　臉上打著亮光；
「半夜兩點的時候
一個男人　牽著一條狗
他帶牠到無人的橋下
鬆開繩子
他叫牠坐下但牠聽不明白
他就走到河的邊緣
流浪」這是第一幕第一景

幽藍的燈光打在木質地板的上緣
舞台噴著乾冰的煙霧　男人走了過去
依序是
腳踝　小腿　大腿　肚臍　胸口　脖子　鼻子　眼睛
臉
消失於河面
——燈暗

4

卯時的河裡於是有了市井的煩惱
煙霧淡作商家呼出的熱氣　幽藍的
燈光轉爲鵝黃　社會版平淡無奇
五六個黑衣人從舞台左側登場

一個戴耳機　一個提公事包　兩個
交換期末考的猜題　剩下的都不說話
從舞台右側退場。一個女人逆著他們行走
雙手插在風衣的口袋
「不理會汽車的喇叭聲　過長的下襬
水從A排水孔流向B排水孔　短短
幾步的距離空氣的味道潮濕
呆滯的站牌等著妳等著
公車進站
開門
關門
……
妳沒上去，留在原地。」導演繼續延伸
妳要怎麼演繹流浪的感覺呢？

他與牠先是有了餵食
撫摸　與散步的關係
但下雨聲
淅瀝瀝中止一起變老之可能

5

我從刷牙中醒來，我從沐浴中醒來
我從滿是壁癌與滲水的房間中
醒來，六樓，我在橋上走
搭電梯，涉水
走進巨大的箱子
被懸疑的劇情綁架：吳今天沒有來
一張空椅子擺在那裡

右手邊一架鋼琴開始自動彈奏
蕭邦第一號夜曲　重複彈奏剛開始的
33連音——
「這暗示著妳的角色一再被分裂
妳的精神渙散　只能
一再走路」

6

12月21日夜半，吳爲我們占了塔羅
他是逆位教皇，不允許
事情出現什麼突然的變化
他把牌蓋上，抽菸，喝酒
過幾天是聖誕節　電視的螢幕發著光

「我完全理解了愛，就像你突然把探照燈轉向……
某些不明不暗的物體。」
黃橘色的，柔和的光照在
吳一家人出去玩的紀念照
善良　溫暖　又擁擠
吳在酒精與滿屋的人聲裡
不情願地睡著　事情
總有一些突然的變化
屋外下著雨
我穿上大衣
起身
翻牌　慢慢
離開

7

平靜的水面
起了波紋
「慶綺，妳不能表現得只有悲傷
如果他回來，妳是不是會有一些
幸福的顫抖？」我撫摸著
劇場裡一面冰冷的鏡子
在上面塗鴉
在後面
是道具間
以及
一具溺死的假人

8

中場休息　我喜歡走進維修的電梯
被鏡子包圍　看著自己
被鏡子均分
我問她
「妳有沒有過幸福的時刻呢？」
我看著她——扁平的嘴角
我想我已經有足夠的
自由和愛——根據人潮
散場後的寂靜——根據吳
爲了我抽完而又蓋上的牌——倒置的
黑色的戰車：追求成功的過程無暇顧及他人。
這些

與我的生活息息相關的
神秘的預言　我的
悲傷與幸福。我選擇了其中一半
她是另一半
電梯的維修燈號熄滅
電梯
開始運轉

9

第二幕的尾聲，導演幾乎動用了所有的觀衆
工作人員引導他們上台
一段長沉默
讓人發窘

——綠燈亮
河的聲音流淌
風衣女子
在他們的胯下與胯下之間
爬行　聞他們的味道
在他們彩色的腳上撒尿
留下記號

她的臉上除了悲傷　還有
一點臉紅

吳每每看到這裡
都不免覺得
自己

是猥瑣的。

10

假設一個全新的開始
我不再是一個戲劇系的學生
作息正常　晚上十點就寢
早上七點起床　煎培根蛋
給吳：「天氣預報晴朗，或許
我們應該出去走走。」
鵝黃色的，神采奕奕的城市
一排銅管樂器盛大演奏
小喇叭手將空氣送入
三指按鍵下方的管子

空氣因爲氣孔改變方向
悄悄變換它的音高；
五六個黑衣人從左邊路口出現
從右邊路口離開　拐進巷子裡的餐館
沒有人心有不甘
一起愉快地用餐

我們在影廳裡看商業片
電影尚未播到一半就變得弔詭——
那是我。那是吳。吳在電影裡
拿出一枚戒指，期待我說，我願意——
觀衆們盯著我　耐心地等待
那三個字　教我感覺
好像一個演員，露出奇異的微笑

「我願意——」幸福的同時覺得
有一點
老掉牙

11

導演一直致力於一個完美的結局：
「他的失敗在於
他把一切都搞成電影。」他說
「電影隨時可以暫停。而且這一次表現得不夠好
隨時可以重來。」他繼續說
「可是，
命運——
不能被反覆修改……」

他甚至寫了紙條。在第二幕的尾聲　在
大家發窘　目光於風衣女子撒尿的時刻
放在每一個觀衆席的下方
請大家現在
拿出來讀：
「那隻狗因爲時間過長的流浪
發瘋了。」……大家面面相覷
一陣混亂的音符響起
她的情緒放大
燈光轉爲鮮紅
她匍匐
一階一階循著記號快速爬向不小心混入故事的男主角
吳

12

滿是疲倦我把鼻子傾向他，聞他
是吳，我把眼睛睜開，是十二月二十五日
我們在床上吃早餐，「你爲什麼沒走？」
我問
他聽到了
……
……
「我答應妳，有一天我也會讓妳感到
悲傷。」我聽到了
他下了堅定的決心
一切都決定好了
那三個字

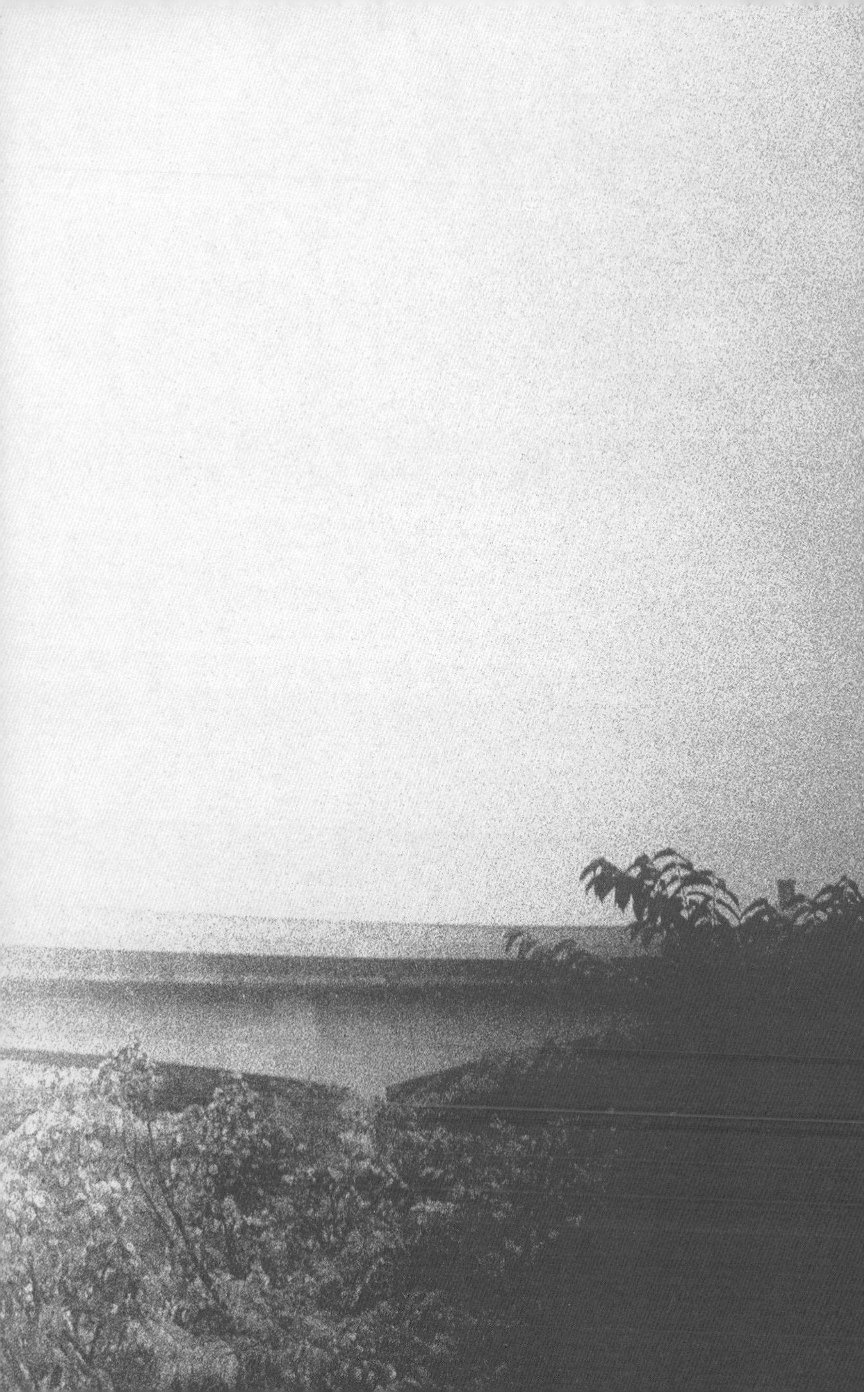

我起身
心情從未如此
歡愉　哼歌　幫他別上
一個蝴蝶結
一個精美的
項圈

費朗明高獨舞

（雙腳併攏。將手背轉往前方，用一個八拍緩緩向上
１２３４５６７８，凌空，手腕旋轉一圈，使雙手自然疊合並就定位
鼓掌。徐徐落下。第二個八拍，２２３４５６７８
右腳一蹬，就開始你的第一支舞曲。）

劃破長久的寂靜。狡猾聖母瑪麗亞，我在心中說出了多少
她就聽見了多少：碩士第三年，我已經過初班之初
回到狹小的學生劇場，流很多很多汗
鮮豔飛揚的舞裙，亦時時在穿

Seville大教堂，這麼美麗的一個城市，我已離開。

經過道德與慾望的洗禮，天氣迎來歷史上的最高溫
我同顏ㄇ走進學校的大門
兩個人話題時有分散而且站得很開
他遙望湖面，踩著大象的步伐：
「追求眞理並接受傳統美德與現代文化的規範，最是光明——」

那是六月，畢業的學生一個接著一個離開我們
意思是再也看不到陽子在課堂上小心翼翼的微笑

（九月，新生入學，年輕的陽子在課堂間禮貌地點頭
將一把塑膠尺橫放於飛龍牌橡皮擦，作假想的天秤
整節課測量與人說話的力道）

老師每每點評：「請同學務必向陽子看齊

保持說話的語氣溫暖一致。」那是大學四年級
顏ㄇ對充滿謎團的女人特別好奇
而我完全相反，我疲於談論未知的事物
不夠喜歡的事情亦不去做。
經常擺著一張苦瓜臉，家人和同學日漸都在喪失

愈是四下無人的時候，我愈是靠近費朗明高的眞相
「陽子現在專攻鋼琴。已很熟練。」我知道，我沒有帶一束花去給她
「妳也妥協一點，大家都畢業了，跨著愉快的步伐。」
腳尖，腳跟，半／全腳掌。
落在地板上。
紮實。清脆。響亮。
或輕或重，我的表情藏在我的腳上
顏ㄇ再也不能把我看透，我只是踏、踏踏

輕輕地說：

「萬福瑪麗亞原諒我。」

我把頭髮剪短，流汗的時候很快就會乾透

因爲我一直跳，Escobilla，一二三，一二三，三是重步

費朗明高是一個人就可以獨自練習的舞

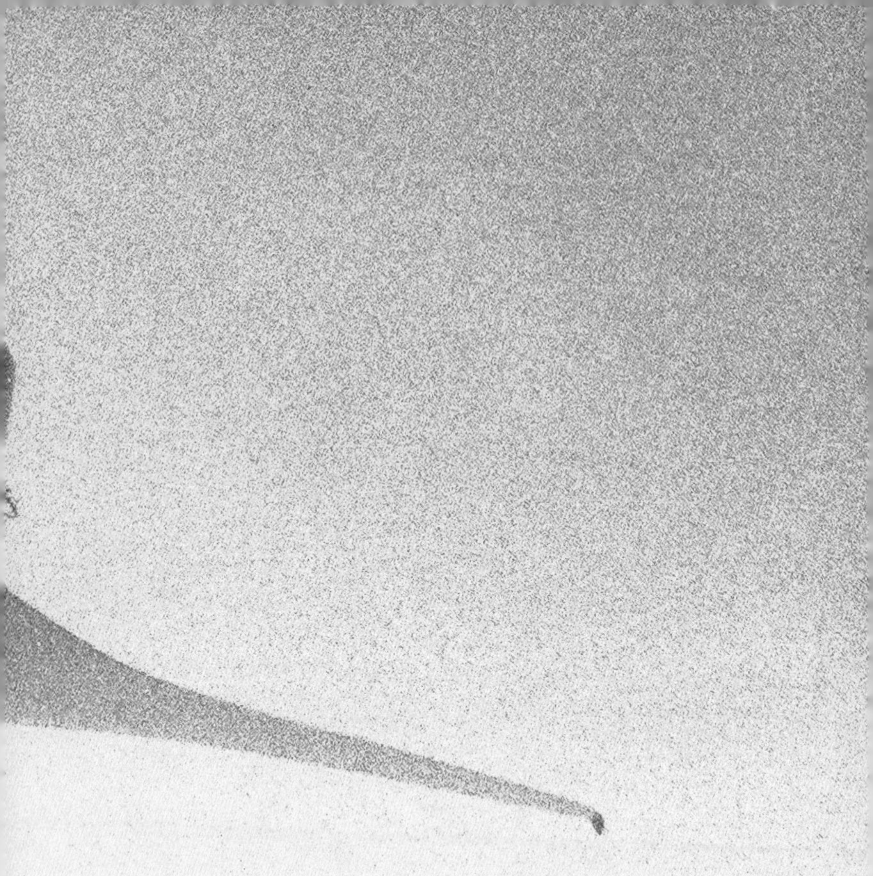

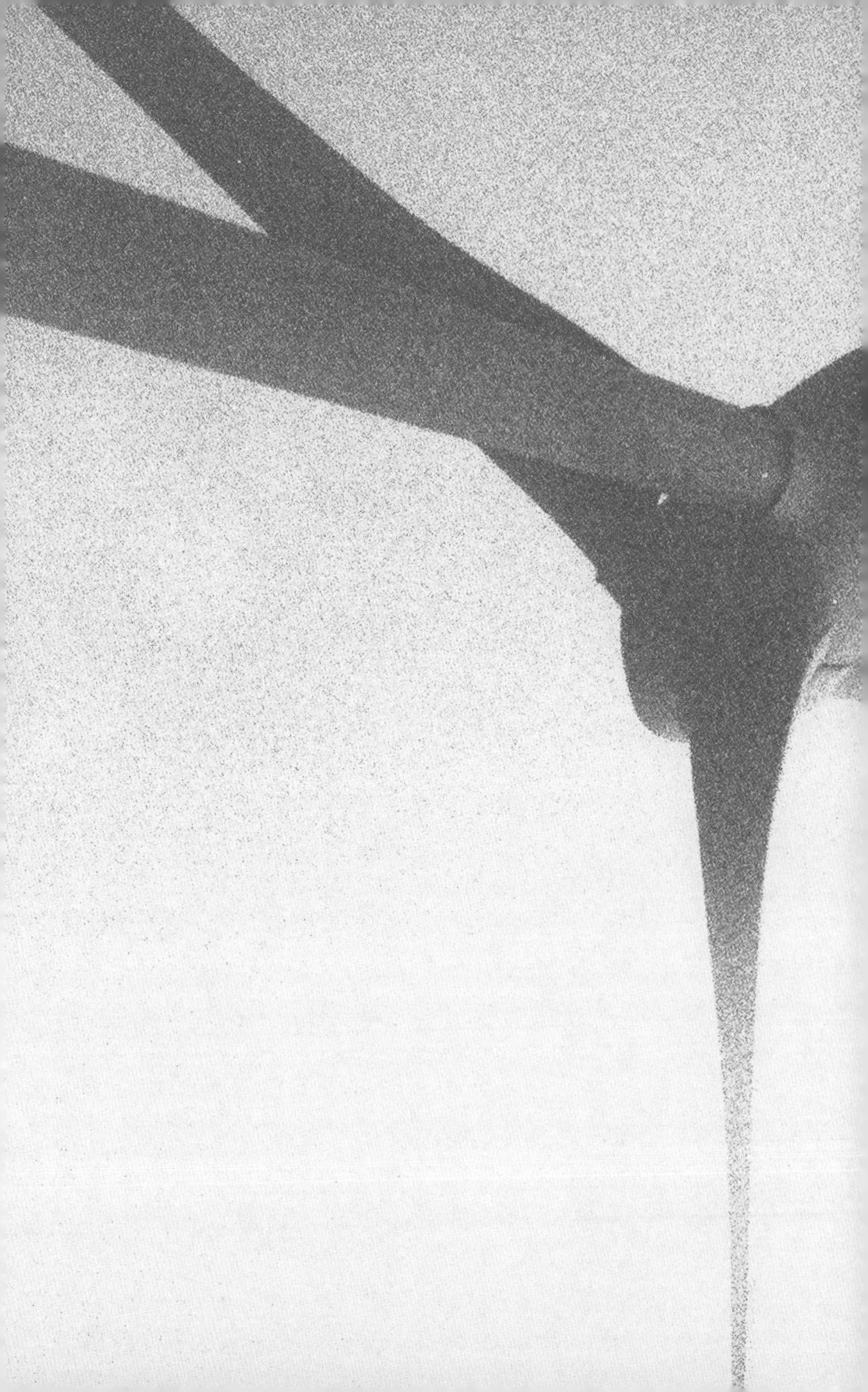